MITA YULIA HIKMAWATI

SEMERAH CAT TUMPAH DI KANVASMU

PIMEDIA

Semerah Cat Tumpah di Kanvasmu
Mita Yulia Hikmawati

Penyunting : Ikhwanul Halim
Desain Sampul : Mita Yulia Hikmawati
Tata Letak : Tim PIMEDIA

Diterbitkan oleh PIMEDIA Bandung
Cetakan pertama, 2023

Dicetak oleh PIMEDIA Bandung.

Untuk keluarga, sahabat, guru, orang-orang yang selalu memberi dukungan dan pembaca karya saya.

DAFTAR ISI

Daftar Isi iv
Senja Kala Itu 1
Be Strong 3
Be Brave 6
Bukan Aku 9
Melangkah Lagi 12
Aku Kasihan Padamu, Nak! 16
Persimpangan 19
Kapan Ayah Pulang? 22
Jangan Sentuh! 24
Jangan Berhenti 27
Ingat Pesan Ibu, Nak! 30
Aku Bukan Dia 33
Konstelasi Rindu 36
Pindang Sambal Balado 38
Becak Tua Bapak 40
Dawai Rindu Pangeran 43
Tutup Buku 46
Dear Diary 49
Marah Tanda Cinta 51
Selasar Komidi Putar 54
Dari Balik Jendela Kayu 56
Semerah Cat Tumpah di Kanvasmu 58
Alunan Merdu Sebait Rindu 61
Kembalilah Jika Itu Bukan Jalan yang Kau Pilih 65
Tidak Ada Hidup yang Sempurna 70
Penawar Luka 73
Raharjo 76

Pelabuhan Terakhir 79
Lipatan Rindu... 82
Momen 85
Hujan Ketiga 87
Good Night 87
Memendam Luka 89
Di Sepanjang Perjuangan.. 90
Terjeda..91
Good Night #2 92
Sebuah Harap di Langit Layang..................................... 94
Maaf dari Yogi 100
Bukan Lagi Sepasang Sepatu 106
Menggantang Asa di Bukit Peramun 110
Dua Menit Saja 114
Tanpa Nama..115
Ketika Pembalap Banting Setir.......................................117
(Bukan) Satu-Satunya 119
Terminal 120
Penjaga Perpustakaan 123
Dengung 126
Buku Biru 129
(Masih) Menunggumu 132
Jerau.. 134
Memoar 88: Mimpi Anak Kampung.................................. 139
Tentang Penulis 142

SENJA KALA ITU

Semburat jingga di langit sore itu kembali mengingatkanku pada Nu. Lelaki yang sudah setahun ini tak aku ketahui kabarnya.

Terakhir kali kami saling sapa lewat sosial media, dia mengatakan akan segera menikahi gadis pujaannya. Nu turut mendoakan untuk kebahagianku saat itu. Saat itu aku mengucapkan hal sama untuknya.

Tiga tahun lamanya, kami merenda kisah. Layaknya sepasang kekasih yang dimabuk asmara, aku dan Nu sering menghabiskan waktu bersama. Menjelang senja, kaki-kaki kami menapaki lembut pasir pantai, mengukir jejak kaki di sana. Lalu berakhir dengan menyaksikan matahari kembali ke peraduannya, menikmati siluet lalu lalang para nelayan, sepasang kekasih dan kaki-kaki kecil berlarian.

"Ra ..." suara bariton itu seketika membuyarkan ingatanku tentang Nu. Aku menoleh ke arah suara, kemudian tersenyum.

"Kamu nggak fokus, ya?" Kulihat wajahnya cemberut.

Aku hanya terkikik kemudian berjinjit untuk mengecup pipinya dengan cepat dan segera berlari menjauh. Lelaki berambut gondrong itu hanya tertawa kemudian meneriakkan namaku.

"Tiara ...! I love you ...!"

***

"Lain kali kamu harus bilang mau pergi ke mana."

Aku hanya melafalkan kata iya tanpa suara kemudian beringsut ke lengan kekarnya. Lengan yang selama dua tahun sudah menjagaku dari dinginnya udara malam.

"Aku khawatir. Aku sayang kamu," ucapnya lembut.

"Aku tahu itu, sayang. Aku cuma nyari angin," kataku memberi alasan.

"Tumben panggil sayang?" Dia mengalihkan pandangan ke depan.

"Maunya apa? Mas? Aa?" Aku mendekatkan bibir ke wajahnya.

Dia tertawa dan menarik hidungku. Mengacak rambutku dengan gemas, membuatku melayangkan cubitan ke perutnya yang mulai membuncit.

Pernikahan kami sudah memasuki tahun kedua. Bukan kisahku dengan Nu, tapi pilihanku jatuh pada lelaki baik bernama Yogi. Lelaki berambut gondrong berhidung mancung dan cambang tipis itu, dengan berani mengambil alih tugas ayah untuk menjagaku selama hidupnya.

Senja kala itu, mengendapkan ingatan tentang Nu. Mengubur ingatan tentangnya dalam palung mariana di ruang imajiku. Bersama embusan angin aku menikmati siluet lelakiku. Karena senja kali ini membuatku bahagia karena memilikinya. Melihatnya tersenyum, tak ayal membuatku turut mengukir senyum. Aku selalu berdoa semoga senja di sana tetap membawa keindahan dan bahagia untuk Nu. Kuharap senja membuatnya tersenyum meski bukan bersamaku.

#MY, 10 Januari 2021

BE STRONG

Brak!

Jasmin membanting pintu kamar dengan keras. Melemparkan tas ranselnya ke sembarang arah.

Pashmina yang dikenakannya berakhir di lantai. Ia mengacak rambutnya frustrasi. Jasmin baru saja menerima pengumuman jika desain rancangannya ditolak. Padahal dirinya yakin kemampuannya dalam merancang desain rumah minimalis tak kalah bagus dibanding pelamar lain.

Selain harus menyelesaikan skripsi untuk meraih gelar sarjana, Jasmin juga mencoba mengasah kemampuannya dalam desain rumah. Berkali-kali ia mencoba untuk melamar pekerjaan itu, akan tetapi belum membuahkan hasil. Jasmin berpikir dirinya tak pernah beruntung dalam mencari pekerjaan.

Tring! Tring!

Ponselnya berbunyi. Layar benda pipih itu menampil-kan nama Arul.

"Apaan?" Jasmin menjawab malas.

"Ya ampun Jas, baru ditolak kerja, udah galau. Belum ngerasa ditolak gebetan lu, ya?"

"Jas-Jas! Panggil Yasmin! Lu nggak tahu apa cara baca nama gue?"

"Ya maaf, udah jangan ngambek. Ah lu mah!"

"Rul... gue harus cepet kerja kalau nggak gue disuruh kawin!"

"Hih serem amat? Nikah dulu lah!"

"Ck! Untung sobat gue. Kalau bukan, gue santet lu!

Tawa Arul terdengar dari seberang telepon. Karena kesal, Jasmin segera menekan tombol merah untuk memutuskan sambungan telepon.

***

Jasmin hanya menunduk sejak tadi. Arul mengajaknya untuk bertemu di taman Bougenville yang tak jauh dari rumahnya. Sudah sepuluh menit Jasmin menunggu, tapi belum ada tanda-tanda kehadiran cowok tengil itu.

"Jas! Sorry lama, ya! Gue tadi pake sepeda."

Jasmin mendongak, melihat cowok tengil itu sudah duduk di bangku yang sama dengannya.

"Mau ngapain bawa sepeda?"

"Kita seru-seruanlah!"

Jasmin menatap curiga, tapi tak bisa menolak permintaan Arul.

***

Jasmin merentangkan tangannya. Merasakan udara sejuk yang menyentuh wajahnya. Dari atas sini, rumah penduduk tampak seperti rumah mainan.

Arul mengajak Jasmin ke atas bukit itu menggunakan sepeda. Jasmin semula takut, karena ini kali pertama ia duduk di bagian stang sepeda. Setelah Arul mulai mengayuh sepedanya, Jasmin tak berhenti tertawa karena tampak semburat merah dari wajah cowok tengil itu. Jasmin bisa melihatnya dengan jelas.

Arul terus menyemangati Jasmin dan menghiburnya dengan tingkah konyol. Jasmin bisa melupakan kekecewaannya dan mengisi pikirannya dengan pikiran positif. Di sini sangat tenang.

Suara langkah kaki mendekat. Jasmin menatap cowok tengil yang sudah menjadi sahabatnya sejak masa remaja itu. Tanpa aba-aba, Arul meletakkan mahkota dari bunga aster yang sudah dirangkainya ke kepala Jasmin.

"Kamu harus selalu semangat. Kalau gagal, coba lagi. Sedih boleh, marah boleh, tapi jangan nyerah!" ucap Arul kemudian menarik Jasmin duduk berlesehan sembari memandang jauh ke arah hijaunya sawah yang tersusun terasering diantara rumah-rumah penduduk.

Jasmin ikut mengiakan dalam hati ucapan sahabatnya itu. Perjalanannya baru dimulai. Perjuangannya mungkin harus lebih ekstra dibandingkan orang lain. Tapi, Tuhan pasti sudah menyiapkan skenario terbaik untuk hidupnya. Dan juga, memiliki sahabat seperti Arul sudah cukup untuk membuatnya menaklukkan tantangan demi tantangan dalam kehidupan.

11 Januari 2021

BE BRAVE

Selama sebelas bulan terakhir, aku menghabiskan dua puluh empat jam hanya di dalam rumah. Bangun pagi, mandi, sarapan biskuit gandum ditemani segelas kopi. Kemudian mulai membuka platform video digital dan menonton ceramah ustaz yang memiliki suara merdu itu.

Lantunan ayat-ayat suci yang dibacakan oleh ustaz itu menyejukkan gersang di hatiku. Membuatku larut dan perlahan mulai meneteskan air mata.

***

Tiga bulan kemudian...

Tok-tok-tok!

Suara dari balik pintu terdengar. Buru-buru aku menyambar bergo hitam yang tergantung di kapstok kamar, kemudian menarik paksa kedua kaki untuk melangkah ke luar. Ayah, ibu beserta adikku sedang tak berada di rumah.

Perlahan kusibak tirai dan melihat siapa yang datang. Ah, lelaki itu rupanya.

"Assalamu'alaikum..." suaranya kembali terdengar.

"Wa'alaikumsalam..." jawabku, dan bergegas membuka daun pintu. Perlahan aku melangkah ke arah teras, duduk di bangku panjang yang dibuat ayahku.

Aku mengangguk begitu lelaki itu tersenyum ke arahku.

"Silakan, masuk dulu, Bang!"

"Iya, terimakasih."

Ia lalu menyerahkan kotak terbungkus plastik merah dengan stiker khas toko online di atasnya padaku.

"Atas nama Sinta Aulia?"

"I-ya. Saya sendiri."

Lelaki itu memindai barcode yang tertera kemudian pamit untuk melanjutkan pekerjaannya. Aku hanya menganggguk seraya tersenyum, tak lupa mengucapkan terima kasih.

Mataku memandang sekeliling. Tanaman bunga sepatu di halaman depan sudah mulai mengeluarkan bunga berwarna peach dan merah.

'Ah, sudah berapa lama aku tidak keluar rumah? Bunga-bunga itu sudah tumbuh cantik.' batinku.

Bunga sepatu yang aku tanam sebelum peristiwa nahas itu. Tak pernah kulihat tumbuhnya, namun ia tetap tumbuh dan berbunga. Sungguh campur tangan Sang Kuasa luar biasa. Aku tersenyum. Secercah harapan muncul di hatiku.

Aku menghirup udara segar yang selama ini luput dari syukur. Pelan, kujulurkan tangan ke arah bayangan sinar matahari yang mulai meninggi. Tanpa sadar aku tersenyum-senyum, lalu buru-buru melihat sekeliling untuk memastikan tak ada orang yang melihat.

Mulai hari ini aku akan berusaha. Sedikit demi sedikit membenahi hatiku. Duniaku masih sama, hanya aku yang tak bergerak sedikit pun.

Sampai kapan aku akan terus menutup pintu? Dunia di balik pintu tak semenyeramkan di pikiranku. Biarlah lalu lalang orang-orang yang haus informasi itu berlalu. Aku hanya perlu menerima kembali hidupku sepenuhnya.

Diriku masih tetap aku, bagaimanapun luka fisik menghias tubuhku.

12 Januari 2021

BUKAN AKU

Jasmin masih menutup pintu kamarnya. Tak mengizinkan siapapun masuk, apalagi mamanya. Ia benar-benar kecewa, hanya karena Arul tidak melanjutkan pendidikan tinggi, sang mama melarang Jasmin untuk berteman dengan lelaki muda yang sudah menjadi sahabatnya sejak masa putih-biru itu.

"Mama cuma nggak tahu, kalau Arul itu baik. Dia yang mengerti aku. Setiap kali sedih, dia yang menghibur. Mama egois." ucapnya sambil menatap cermin yang memantulkan bayangan rupanya.

Kening lebar, alis tebal, bulu mata lentik, pipi chubby dan bibir tipis terpantul jelas dari sana. Jasmin masih menatap dirinya di dalam cermin. Mencoba bermonolog dengan sisi lain dirinya.

Jasmin merasakan sesuatu yang asing seolah menariknya dengan kuat. Jasmin kemudian melihat Arul sedang duduk menunggu kail berisi umpannya di tepi danau itu. Arul terlihat dengan santai mendengarkan musik melalui earpod miliknya. Sepertinya ia tak menyadari langkah Jasmin yang mulai mendekat dari arah belakang. Arul masih menggeleng-gelengkan kepalanya mengikuti irama musik dari *earpod*.

Jasmin pelan-pelan menyentuh bahu lelaki itu. Membuatnya seketika memekik dan memegangi dadanya karena terkejut.

"Jasmin?"

Arul masih memegangi dadanya. Kemudian menggeser duduknya dan mengisyaratkan pada Jasmin untuk bergabung.

Arul memandang ke arah danau. "Kamu kenapa bisa ke sini?"

Jasmin hanya bergeming. Tatap matanya kosong.

"Jasmin? Halo..." Arul melambai-lambaikan telapak tangannya di depan wajah Jasmin.

"Kamu kenapa?" Arul masih bertanya, yang hanya dijawab dengan gelengan pelan.

Arul akhirnya menyerah. Tak lagi menanyakan perihal sebab gadis itu berada di sana tanpa bersuara sedikit pun.

Tiba-tiba saja, dari arah samping terdengar suara, membuat Jasmin menoleh ke arah sumber suara.

Bruk!

Suara buku terjatuh membuyarkan pikiran Jasmin. Buku Membuka Dunia Ketiga yang ditaruh di rak tiba-tiba jatuh dan membuka halaman ke sembilan puluh.

Jasmin mengerjap beberapa kali. Meyakinkan bahwa penglihatannya tak salah. Dari sana, ia melihat dirinya bersama Arul. Dari dalam cermin itu.

Jasmin kembali mematut dirinya di depan cermin. Membenahi anak rambutnya yang berantakan seolah terkena embusan angin.

Ia berdiri, perlahan tangannya mengambil buku itu. Saat akan menutup lembaran yang terbuka, matanya tiba-tiba tertuju pada tulisan yang tercetak di buku, membuatnya tanpa sadar membaca kalimat pertama yang tercetak di sana, "Jangan mengintip! Atau aku akan datang!"

Jasmin seketika melempar buku itu dan berlari ke luar kamar.

Mamanya hanya terheran-heran melihat tingkah anak sulungnya yang tiba-tiba terlihat pucat pasi saat keluar dari kamar.

13 Januari 2021

MELANGKAH LAGI

Semilir angin menerbangkan ujung bergo hitam yang kukenakan. Aku memandang ke arah kilauan air laut yang terpantul dari semburat jingga sang bintang dunia, perlahan bergeser kembali ke arah barat. Meninggalkan sisi terang menjadi gelap.

Aku masih bergeming sesaat, menikmati lantunan suara azan berkumandang. Setelahnya segera melangkahkan kaki menuju musala yang hanya berjarak lima puluh meter dari tempatku menyendiri.

***

Usai salat magrib berjamaah aku menyusuri stand dan pertokoan yang tak jauh dari pantai yang dijadikan tempat wisata itu. Berharap menemukan seseorang yang aku kenal untuk sekedar bertegur sapa. Tapi nihil. Hanya serom-bongan turis asing.

Aku masih terus melangkah hingga tak terasa sampai pintu gerbang yang menjadi jalan keluar akses pantai wisata itu.

"Mil, kau surang ye?[1]" sapa Yuda, security yang berjaga di pintu keluar. Ia adalah temanku semasa sekolah dulu.

Aku mendekatinya. "Iye. Kau dak ade kawan keh?[2]"

"Batak tiap ari aku surang. Mun urang ramai iye beduak.[3][3]"

---

[1] Mil, kamu sendirian?

[2] Iya. Kamu nggak ada yang nemenin?

[3] Tiap hari juga sendirian. Kecuali kalau ramai pengunjung, baru berdua.

Aku tergelak. Memperhatikan seragamnya dari atas sampai bawah. Temanku ini tak banyak berubah. Hanya sedikit lebih berisi. Mungkin karena sudah menikah dan bahagia. Ah, teori itu sebenarnya belum terbukti. Aku hanya mendengarnya dari celotehan ibu-ibu di sekitar rumah.

Yuda menceritakan jika beberapa hari ini pengunjung menjadi sepi. Karena isu begal dan penculikan anak di tempat wisata. Entah siapa yang menyebar rumor ketakutan itu. Karena setiap hari aku berkunjung ke pantai ini, tak terjadi kejadian menyeramkan sebagaimana rumor itu.

"Mil... Mil. Kau tuh cantik. Coba cari suami biar nggak sendiri lagi!" ucap Yudi setengah meledek. Aku hanya terbahak mendengarnya. Ah, temanku ini terlalu perhatian.

***

29 Oktober 2018

Percakapan via pesan singkat

[05:29] Ayah: Kak, ayah, ibu dan adikmu sudah di pesawat. Doakan kami, ya.

[05:30] Aku: Iya, Ayah. Fii amanillah. Kakak jemput di bandara.

Pagi itu aku bersiap menjemput kedatangan kedua orang tua dan adikku di bandar udara Depati Amir, Pangkalpinang. Pesawat yang ditumpangi mereka dijadwal-kan tiba pukul 07.30 waktu setempat.

Aku duduk di bangku tempat kedatangan. Sambil sesekali melihat gawai untuk berselancar di media sosial berwarna biru.

Tak lama berselang terjadi kegaduhan. Banyak petugas bandara mondar-mandir, terlihat panik. Beberapa petugas lain sibuk menyiapkan tenda di dekat pintu kedatangan.

'Ada apa ini?' pikirku saat itu akan ada kunjungan orang nomor satu di Indonesia.

"Mbak, Mbak keluarga penumpang pesawat Lion Air?" tanya seorang petugas berseragam biru muda itu. Aku mengangguk, dan ia menyuruhku mengikutinya. Sampai di depan pintu kedatangan, aku terkulai lemas. Petugas itu memberitahukan bahwa pesawat yang ditumpangi keluargaku hilang kontak dan terjatuh.

"Innalillahi wa innailaihi raji'un..."

'Ayah, Ibu, dan adikku. Aku bahkan tak bisa melihat wajah mereka untuk terakhir kali.' batinku mengatakan demikian, karena tangisku pecah, hingga tak ada kalimat yang mampu keluar dari bibirku.

Setelah membawa data-data dan sampel untuk pemeriksaan DNA, aku kembali menunggu di bangku kedatangan dengan tatapan kosong. Bagaimana Tuhan begitu tega meninggalkan aku sendiri di sini? Apakah Tuhan tak pernah menyayangiku? Pikiran picikku saat itu.

***

Peristiwa dua tahun lalu membuatku sedikit tak waras. Aku berhenti bekerja, dan kembali ke kampung halaman ayahku di Belitung. Tinggal di rumah sederhana peninggalan orangtua.

Hasil tabungan selama aku bekerja aku gunakan untuk bersenang-senang. Makan-makanan enak, jalan-jalan berke-liling pantai, atau menghabiskan waktu di perpustakaan favoritku yang berada di tengah kota.

Menjelang senja, aku akan pergi ke pantai, memandang ke lautan lepas untuk sekadar melepas kerinduan yang entah. Rasanya masih menyesakkan ketika mengingat peristiwa dua tahun lalu yang menghapus jejak keluargaku.

Perlahan kuusap buliran air yang menitik di sudut mata. Mengatupkan bibir supaya suara tangisku lesap.

Tak lama berselang, tanpa kusadari seseorang duduk tak jauh dariku. Ia terlihat memperhatikan ke arahku, membu-atku memberanikan diri memalingkan wajah ke arahnya.

Begitu wajahku menghadapnya, sesungging senyum terbit di wajahnya. Membuat matanya terlihat semakin menyipit. Wajahnya tak asing. Aku pernah mengenali wajah itu, tapi, di mana? Aku masih sibuk mengingat.

"Ini aku, Giyo. Kamu lupa?" ucapnya.

Ah... Giyo. Nama itu dulu istimewa bagiku. Aku hanya diam. Ingin bertanya tapi malu.

"Aku tanya ke teman-teman tentang kamu. Kebanyakan dari mereka bilang kamu masih single."

"Te ... terus?" Aku mendadak gugup. Malu. Dia baru saja melihatku menangis.

"Aku juga masih single, Mil." jawabnya dengan terse-nyum seraya mengulurkan tangannya ke arahku.

14 Januari 2021

AKU KASIHAN PADAMU, NAK!

Semilir angin menerbangkan ujung bergo hitam yang kukenakan. Aku tersenyum kecil pada pria berusia lima puluh tahunan di hadapanku.

Penjelasannya kusimak dengan saksama. Suamiku mengusap tangan kananku sambil memainkan ujung jemari. Mencoba menguatkan hati agar bulir di sudut mata tak menjadi anak sungai di pipi.

"Bismillah, saya mau berusaha, Pak. Ini ikhtiar saya. Urusan sembuh atau tidak itu kuasa Allah." jawabku mantap.

Pria paruh baya bernama Rasyid itu mengangguk-angguk. "Kalau begitu kita mulai."

Aku mengangguk mantap. Tak lama, pria paruh baya yang biasa disapa pak Rasyid itu mengambil obat herbal yang biasa dipakainya dalam mengobati pasien patah tulang.

"Coba sebutkan namamu!" pintanya sebelum membaca doa untuk usaha kesembuhanku.

***

Hari ini, tepat lima belas bulan lima hari. Aku, seperti biasa duduk di kursi depan teras sembari menikmati sinar mentari pagi. Melihat lalu-lalang kendaraan dan beberapa anak-anak berlarian. Di halaman depan, tanaman yang memiliki nama latin Hibiscus rosa-sinensis itu telah berbunga.

"Sayang, aku berangkat ya." Suamiku pamit untuk bekerja.

Aku mengamit lengannya, tak lupa mencium tangan kekar itu dengan takzim.

"Fii amanillah."

Sepeninggal suamiku, telingaku mendengar celotehan beberapa orang yang berkumpul di samping rumah.

"Eh, dengar ya. Dia itu kena guna-guna. Sakit udah lama nggak sembuh-sembuh." suara itu sengaja dikeraskan supaya aku mendengar.

"Masak sih? Banyak yang benci sama dia apa ya? Kasihan, padahal masih muda." sahut yang lain.

"Bukan begitu, dia 'kan gendut. Lihat aja badannya udah kayak gajah. Jadi berat untuk bergerak. Makanya nggak sembuh-sembuh."

Dan kalimat lain serupa dengungan lalat bergerumul di atas kotoran. Aku membalik badan, segera beranjak masuk dan menutup pintu dengan keras.

***

Siang itu cuaca tak bersahabat untuk perjalanan kami menuju kediaman pak Rasyid. Aku dan suami terkena hujan lebat di perjalanan. Karena kediaman pak Rasyid hanya ratusan meter lagi, akhirnya kami memutuskan untuk melanjutkan perjalanan.

Suamiku sedikit mengurangi kecepatan. Aku berlindung di balik tubuhnya sambil memegangi kruk yang mulai licin karena air hujan.

Tak lama kami sampai di kediaman pak Rasyid. Perlahan aku melangkah dengan kruk di kedua tangan.

"Gimana, perkembangannya?" tanya beliau, santai.

"Alhamdulillah, Pak. Lutut sudah mulai berkurang sakitnya.

Salat subuh sudah sambil berdiri."

"Alhamdulillah... Insyaallah. Ikhtiar kita diridai Allah."

"Iya, Pak."

"Saya terus terang, tak tega padamu. Kamu terlahir normal, Insyaallah tidak akan cacat selamanya. Yakin saja."

"Iya, Pak. Bismillah."

***

Kami kembali ke rumah pukul empat sore, setelah azan asar. Aku pelan-pelan turun dari motor.

"Eh, dari mana kak?" tanya tetangga depan rumahku.

"Berobat."

"Udah lama ya? Kok gak sembuh-sembuh? Coba pindah ke tabib lain."

Aku hanya tersenyum. "Sudah, bu. Ini tabib yang ketiga. Sebelumnya saya juga sudah operasi dua kali. Tapi qadarullah belum dikasih kesembuhan oleh Allah." sahutku pelan.

"Makanya jangan terlalu gendut kak.. jadi berat badannya."

"Bu, ibu tahu nggak? Bu Marni sakit parah itu karena habis minum air yang saya kasih. Ibu tahu, nggak? Dia juga bilang saya gendut." tukasku tanpa senyum. Hal itu membuat wanita yang usianya sebaya ibuku itu mendadak diam kemudian berlalu.

15 Januari 2021

PERSIMPANGAN

"Jika kita bukanlah akhir. Maka biarlah menjadi awal indah untukku melangkah." - Jasmin, 2018.

Kalimat itu baru saja kuposting di platform media sosial berlambang kamera. Foto sepasang sepatu converse milik Arul yang kuabadikan melengkapi postingan. Foto itu kuabadikan lewat kamera ponsel, tiga tahun lalu.

***

Suasana hatiku begitu cerah, layaknya cuaca di sore itu. Tapi hal itu tak berlangsung lama, karena kabar bahagia dari Arul membuat hatiku mendadak mendung.

"Jadi, kamu bakalan terima tawaran itu?"

"Iya. Kesempatan nggak akan datang dua kali. Apalagi aku cuma tamatan SMA." kalimat itu membuatku marah.

'Kenapa pikiran cowok tengil kayak kamu sama seperti mama?' pikirku.

"Kamu bakalan pulang ke sini lagi 'kan?" tanyaku.

Jujur, aku mulai menyadari jika kehadirannya selama ini membuat hatiku bahagia. Meski berkali-kali mencoba menepis rasa yang tumbuh, namun tetap saja, rasa itu semakin dalam. Menetap di palung hatiku.

"Insyaallah. Aku juga bakalan kangen kamu," kalimat itu, melambungkan harapanku, membuat rasa memiliki di hatiku semakin besar.

Arul mengatakan jika ia tak akan lama berada di negeri patung Merlion itu. Hanya tiga tahun. Selama itu aku harus merindukannya. Ah, teganya kau Rul!

***

Bulan November menjelang. Kabar Arul kembali dari perantauan sampai juga ke telingaku. Perasaanku masih sama: merindukannya.

Aku mematut diri di cermin. Melihat apakah jilbabku miring? Apakah ia masih mengenaliku? Waktu tiga tahun rasanya sangat lama. Aku tak percaya hari ini tiba.

Sesungging senyum tak lepas dari bibirku. Aku menuju tempat biasa kami bertemu. Rul, tak tahukah bahwa aku rindu?

Di bangku berwarna biru itu aku duduk menunggu. Menikmati sentuhan sang bayu menerbangkan ujung kerudung hitamku.

"Jasmin?" suara bariton itu membuatku menoleh.

"A-rul.."

Cowok tengil yang sekarang berubah menjadi maskulin itu duduk di bangku yang sama denganku. Matanya memandang lurus ke depan.

"A-apa kabar, Rul?" tanyaku dengan suara lirih, menahan gugup. Debaran jantungku semakin tak karuan, membuat telapak tangan dan kaki terasa dingin.

"Alhamdulillah, baik." jawabnya tanpa menoleh padaku.

Hening. Tak ada suara yang tercipta di antara kami.

"Jasmin. Aku minta maaf. Aku..." ucapannya menggan-tung. Kulihat ia membuka resleting tas kecil yang disan-dangnya. Mengambil sebuah kertas dari dalam sana dan menyodorkannya ke arahku.

"Aku akan menikah hari Kamis nanti. Aku sangat menunggu kehadiranmu."

Aku menerima undangan berwarna marun itu. Terce-tak nama di sana, Arul dan Linda.

"Mbak Linda?" tanpa bisa kutahan, bibirku mengucapkan nama itu.

"Iya." Jawaban itu membuatku gontai. Rasanya seolah dayaku habis terserap. Selama ini aku yang merindu, selama ini aku yang menunggu. Namun, garis takdir Tuhan bukan padaku melainkan dia, anak perempuan lain yang telah menjadi bagian dari keluarga.

16 Januari 2021

KAPAN AYAH PULANG?

Jarum jam menunjukkan pukul sembilan malam. Hujan semakin deras, meninggalkan hawa gigil. Pikiranku kalut. Aku khawatir pada mas Andra, suamiku. Pamit mencari jajanan di desa sebelah namun belum juga pulang. Genangan air sudah memasuki kamar mandi kami. Aku takut banjir membuat perjalanan mas Andra terhambat.

"Mas... Sampeyan ke mana toh? Bikin khawatir."

Aku mencoba menghubungi nomornya, namun dijawab operator seluler. Ah, semoga mas Andra baik-baik saja.

"Bu.. ayah mana? Belum pulang? Ibam lapar, bu.."

Aku meremas ujung baju. Menghampiri anakku, berlutut untuk menyamakan posisi tubuh kami.

"Ibam sayang, kita makan telur dadar dulu aja, ya? Ayah masih di jalan. Ibam nggak apa-apa, 'kan?"

Anakku mengangguk. Kugandeng tangan mungilnya menuju dapur.

***

Usai menyuapi Ibam makan, kami kembali ke ruang depan. Di ruang ini juga kami menerima tamu. Hanya ada satu kursi kayu rapuh di pojok ruangan. Kursi yang sering digunakan Ibam bermain, naik dan melompat dari atasnya.

Aku membuka tirai, supaya bisa mengetahui jika mas Andra pulang. Ibam masih berlarian seraya bermain kertas. Bercerita dengan bahasanya sendiri.

Tak lama kudengar samar bunyi motor. Aku segera membuka pintu hingga kulihat wajah suamiku. Jas hujannya basah kuyup. Ia menahan gigil.

"Ya Allah mas.. Alhamdulillah, kamu sampai rumah juga. Aku khawatir."

Segera kuraih tas dan membuka jas hujannya.

"Masuk mas, nanti kubuatkan teh."

"Iya."

Mas Andra segera masuk. Ibam menyambutnya dengan sumringah.

"Ayah, ayah beli apa buat Ibam?"

"Satai, nak."

"Yeay... Satai... Ibam suka satai."

Aku tersenyum melihat putraku gembira. Kugantung jas hujan basah itu di kapstok. Sambil menyiapkan teh untuk mas Andra, aku mengambil piring untuk hidangan satai Ibam.

Aku tak henti mengucap syukur dalam hati. Mas Andra pulang dalam keadaaan selamat, meski basah kuyup.

"Ini tehnya mas, diminum ya." ucapku sambil menaruh teh manis hangat di atas karpet.

"Makasih dek. Alhamdulillah mas nggak 'pa-pa. Tadi sempat terjebak hujan, jadi singgah di warung satai." terangnya.

Aku hanya mengangguk-angguk. Sambil menyuapi Ibam menyantap satai. Aku berharap semoga setelah ini tak ada acara mengungsi. Karena hujan tak kunjung berhenti.

17 Januari 2021

JANGAN SENTUH!

Aurel masih sibuk memilah koran-koran yang menarik perhatiannya. Koran-koran lokal yang memuat berita tentang kecelakaan lalulintas selalu menarik bagi Aurel. Ia bahkan rela berlangganan lima koran dari penerbitan berbeda untuk memuaskan keinginannya itu.

"Rel .. ibu bawakan kopi dan roti panggang untukmu. Dimakan ya, nak!"

Ibunya meletakkan nampan berisi secangkir kopi dan roti panggang di atas meja kerjanya. Aurel hanya bergumam kemudian kembali memilah lembar demi lembar koran di tangannya.

***

Kisah Aurel dan lembar koran berlangsung sejak lima tahun lalu, saat Aurel dan Lian, lelaki yang sudah satu pekan ini menjadi suaminya, pergi ke kawasan Puncak untuk berlibur.

Aurel dan Lian meninggalkan kota Indramayu menuju Puncak untuk menikmati masa-masa mereka menjadi pengantin baru.

Aurel sangat bahagia saat itu. Lian sangat romantis. Suaminya bahkan memesan kamar di sebuah villa yang lang-sung menghadap pemandangan pegunungan, karena kamar vila itu berada di lereng pegunungan Gede-Pangrango.

Suhu udara mencapai tiga belas derajat Celcius, sudah membuat Aurel menggigil. Membuatnya tak bisa keluar kamar dan hanya melihat pemandangan dari balik jendela. Padahal menikmati pemandangan pagi dari balkon kamar yang disewa suaminya itu sangat indah.

"Sayang, sarapan dulu yuk," Lian berbisik di telinga Aurel seraya memeluknya dari belakang. Menopang dagunya di sisi leher Aurel yang memakai sweater rajut berwarna marun.

"Iya Mas, sebentar lagi. Aku mau menikmati pemandangan indah dulu."

"Suamimu ini juga pemandangan indah, sayang," goda Lian.

Aurel seketika berbalik, membuat pelukan Lian terlepas. Ia mencubit lengan Lian gemas.

"Nggak lucu bercandanya tahu!"

"Tapi suka 'kan?"

Lian selalu saja berhasil menggoda Aurel. Membuat semburat merah muncul di pipinya yang memiliki lesung itu.

***

Aurel dan Lian baru saja akan kembali ke kota Indramayu. Aurel sibuk bercerita sepanjang perjalanan, membuat Lian tak merasa bosan. Mereka bahkan bercita-cita memiliki hunian sederhana dengan dua anak yang lucu-lucu. Laki-laki atau perempuan sama saja, begitu yang diucapkan Lian. Namun, cita-cita Lian tak sempat terwujud, karena mobil mereka mengalami kecelakaan. Lian tewas di tempat, sedangkan Aurel berhasil selamat meskipun harus menga-lami koma selama satu minggu. Berita kecelakaan itu dimuat salah satu koran, dengan menyertakan foto mobil mereka yang kondisinya mengenaskan akibat kecelakaan yang merenggut nyawa suaminya. Aurel menyimpan foto itu sebagai kenangan bersama Lian. Hari demi hari hal itu terus dilakukannya, hingga berubah menjadi candu. Aurel tak bisa tidur jika belum menemukan koran yang memuat berita kecelakaan lalulintas.

"Nak, sudah, sarapan dulu. Kopimu sudah dingin. Biar ibu yang bereskan koran-koran itu, ya?" ibunya kembali mengingatkan Aurel untuk sarapan.

Aurel menatap ibunya. "Jangan! Jangan pernah menyen-tuh barang-barang ini Bu! Ini semua, adalah kenanganku bersama Mas Lian."

Perlahan, wanita paruh baya itu menyeka air matanya yang jatuh perlahan. Kemudian mengangguk-angguk sambil tersenyum ke arah Aurel, entah sampai kapan.

18 Januari 2021

**dalam cerita ini tokoh Aurel menderita hoarding disorder sejak kematian suaminya.*

JANGAN BERHENTI

Gadis berkulit kuning langsat yang mengenakan blazer hitam itu melangkah bersama wajah-wajah penuh keceriaan. Senyum sumringah mereka tampilkan, memancarkan energi positif dalam kebersamaan.

Gadis itu membuka pintu ruangan yang dindingnya dipenuhi lukisan tokoh-tokoh dalam film yang sering mereka tonton di layar kaca. Di belakangnya wajah-wajah polos bersorak penuh semangat.

"Yeay ...kita bisa sekolah lagi 'kan kak?" tanya seorang anak perempuan berambut pirang.

Gadis itu menganggguk sembari tersenyum. Ia bersama beberapa anak saling membantu untuk merapikan ruangan yang akan dijadikan kelas mereka nantinya. Membersihkan debu-debu di balik jendela, juga sarang laba-laba yang menggantung di sudut-sudut dinding dan atap ruangan.

Tak lama berselang, seorang pemuda melangkah masuk. Ia mengambil kemoceng yang tergantung di balik pintu dan mulai membantu pekerjaan mereka. Matanya sesekali mencuri pandang ke arah gadis itu sambil tersenyum.

"Aku senang kamu kembali, Lia," ucap pemuda itu pelan.

***

Pagi itu cahaya matahari menerobos masuk melewati celah-celah ventilasi. Aurellia menyibak tirai yang menutupi jendela kelas. Matanya menyipit, membuatnya terlihat semakin lucu.

Seorang anak perempuan dengan rambut dikuncir dua masuk, meraih tangannya dengan takzim kemudian melangkah ke kursi tempatnya duduk selama pelajaran berlangsung. Aurellia hanya memandangnya dengan tersenyum, kemudian keluar dari ruang kelas untuk menyambut murid-murid lain.

Beberapa guru datang dengan berbisik-bisik kemudian hanya tersenyum sekilas ke arahnya seraya berlalu. Aurellia memandang dirinya, tak ada yang aneh. Meskipun perasaan tak nyaman menyusup ke dalam hatinya, pikirannya berusaha menepis dan tetap berpikir hal-hal baik.

Ia masih mengajar tema lingkungan di kelas empat, seperti biasa selesai mengajar di kelas, Aurellia kembali ke ruang guru. Pak Amru, rekan gurunya mengatakan bahwa kepala sekolah memanggilnya untuk menghadap ke ruangan yang pintunya dipasang teralis itu.

Aurellia tidak mengetahui, sebab apa yang dituduhkan kepala sekolah padanya tidaklah benar. Berutang kepada wali murid? Ia bahkan tak memiliki agunan untuk mengajukan utang pada siapapun.

Karena hal itu, ia diduga mencemarkan nama baik sekolah, dan sudah tidak layak menjadi seseorang yang harus digugu dan ditiru. Hari itu adalah catatan hitam bagi pekerjaan Aurellia.

***

Dua tahun setelah hari itu, kepala sekolah datang meminta maaf dan memintanya kembali mengajar. Namun Aurellia menolak, karena ia sudah menemukan tempat baru yang membuatnya nyaman.

Bersama rekan-rekan pengajar muda, ia berusaha untuk menjadi pengajar anak-anak terlantar yang dalam undang-undang selayaknya menjadi tanggung jawab negara. Memberikan mereka pelajaran dalam kehidupan juga pengetahuan yang akan berguna untuk hidup mereka di masa depan.

"Aku senang kamu kembali, Lia."

Suara itu selalu membuat semangatnya yang redup kembali. Harapannya tak boleh mati. Layaknya kalimat pidato Martin Luther King, Jr. yang selalu ia gemakan dulu.

I HAVE A DREAM

21 Januari 2021

INGAT PESAN IBU, NAK!

"Harimau mati meninggalkan belang, gajah mati meninggalkan gading, manusia mati meninggalkan nama."

Peribahasa itu selalu ibu ingatkan padaku. Berbuat baik pada siapapun, terutama orangtua. Aku harus menghormati orang yang lebih tua. Membantu mereka jika dimintai tolong.

Aku juga senang sekali membantu teman. Mengajari mereka materi yang tidak dimengerti, atau berbagi bekal makan siang dengan mereka. Teman baikku di kelas bernama Amel. Amel sangat cantik, ia senang sekali memberiku lolipop.

Hari ini aku membawa dagangan Budhe Sarah. Jajanan klepon, blengep cotot dan getuk ada di nampan besar yang aku bawa hari ini. Budhe Sarah akan memberiku upah, dua ribu rupiah jika dagangan hari ini laku setengah dan lima ribu sampai sepuluh ribu jika semuanya terjual.

Saat aku melewati jalan diantara kebun milik Mbah To, aku melihat laki-laki itu lagi, ia bersembunyi di balik pohon. Sudah dua kali aku menghindari laki-laki yang umurnya sebaya dengan Mas Anto, kakakku yang sudah berada di bangku SMA itu, karena ia membuatku takut. Aku berjalan cepat-cepat supaya segera sampai di sekolah.

"Adek, pulang sekolah nanti jangan lupa ya, mas tunggu di belakang sekolah ...!" teriaknya, membuatku semakin takut.

***

Pelajaran budi pekerti dimulai. Aku bertanya pada bu guru yang mengajar, bagaimana cara menolak permintaan orang yang lebih tua. Bu guru menjelaskan jika kita harus meminta maaf dahulu jika akan menolak atau tidak bisa membantu.

Aku mengangguk-angguk paham. Tak lama pelajaran usai. Aku dengan teman-teman harus berdesakan keluar. Tapi karena aku membawa nampan, terpaksa harus mengalah dan keluar kelas belakangan.

Aku baru saja keluar dari gerbang sekolah. Saat berbelok ke jalan yang menuju arah rumahku, laki-laki itu menghalangi jalanku.

"Dek, kamu mau ke mana? Mas bilang kan tunggu di belakang sekolah."

"Ma-maaf mas, Gita ha-harus pulang cepat. I-ibu ss-sudah menunggu."

"Apa harus pakai kekerasan ya?"

Tangannya menarik tanganku menuju ke halaman belakang sekolah. Aku menangis. Tapi sekolah sudah sepi.

"Ibu ... Ibu tolong Gita .... Tolong Gita bu... hiks hiks .."

"Diam kamu! Makin kamu minta tolong mas bisa makin kasar!" bentakannya membuatku semakin takut. Kancing bajuku sudah dilepasnya. Aku semakin menangis, tapi tangan laki-laki itu membekap mulutku. Rasanya lemas sekali.

'Ibu ... tolong Gita, bu. Gita udah nggak kuat ...' ucapku dalam hati sambil berdoa.

***

'Bu ... nama Gita akan dikenang sebagai anak baik 'kan? Gita tidak pernah bisa menolak permintaan orang yang lebih tua. Gita anak baik 'kan bu?

Bu, tolong maafkan Gita kalau Gita salah. Gita tidak bisa menolak ketika mas Anan meminta Gita untuk membuka pakaian di depannya.

Bu, maafkan Gita...'

Kalimat itu tertulis dalam secarik kertas di dalam tas Gita, yang ditemukan ibunya setelah tiga hari kematian Gita. Bocah berumur sembilan tahun itu dibunuh laki-laki remaja, yang tak lain orang yang dikenal oleh korban.

21 Januari 2021

AKU BUKAN DIA

Pagi menjadi begitu gaduh karena perkakas dapur berjatuhan di lantai. Mas Aryo berhasil membuat dapur porakporanda karena aku terlambat menyiapkan sarapan untuknya.

"Maaf Mas, aku semalam capek banget. Boleh beli sarapannya di luar aja?"

"Nggak perlu. Aku sudah nggak lapar. Aku mau kerja!"

Aku meraih tangannya namun ditepis. Mas Aryo hanya melenggang pergi tanpa salam.

"Wa'alaikumussalam," lirihku.

***

Ketika riuh celoteh ibu-ibu terdengar, aku segera keluar rumah. Tukang sayur langganan sudah datang. Seperti biasanya, ibu-ibu sedang sibuk berceloteh haha-hihi sambil memilih bumbu-bumbu atau bahan masakan untuk menu hari ini.

Aku mengambil satu ikat kangkung dan tempe serta beberapa bumbu dapur yang mulai habis. Aku tidak berniat untuk masuk dalam obrolan mereka.

"Eh, Mar. Si Aryo kenapa, tuh? Kok mukanya kusut begitu? Nggak dikasih jatah ya semalam?" tanya mbak Yuni, tetangga depan.

"Nggak kok Mbak, cuma lagi banyak kerjaan saja di kantornya," tukasku.

Aku membayar barang belanjaan dan segera kembali ke rumah. Beberapa dari mereka berbisik-bisik sambil memandang ke arahku kemudian terkikik mengejek.

Aku meletakkan barang belanjaan di dapur. Melepaskan lelah sejenak dengan membaringkan tubuh di kasur.

Aku meraih cermin di nakas, kemudian menatap wajahku yang tampak menua. Guratan hitam di bawah mata, mata sendu dan kulitku yang tampak tak lagi kencang.

Aku duduk dan menghadap cermin rias. Sebelum menikah dengan mas Aryo, aku terlihat cantik. Pipi tirus, mata bening, dan tubuhku masih terawat. Kini tubuhku mulai menimbun lemak di mana-mana, mata cekung seperti kurang tidur. Ah, benarkah karena faktor stres?

Rasanya tak bersemangat untuk memasak. Akhirnya aku memutuskan untuk membuka ponselku dan berselan-car di dunia maya.

Kulihat postingan seseakun mengunggah foto bersama anak lelakinya yang beranjak remaja. Wajahnya masih terlihat muda, bahkan mereka terlihat bak kakak beradik.

- *Barakallah fii umrik kakak, awet muda banget sih, padahal sudah 45 tahun*

Aku tercengang melihat komentar akun lain pada foto yang diunggah itu. Usianya mendekati setengah abad namun terlihat cantik.

Karena penasaran rahasia awet mudanya, aku terus *scroll* komentar-komentar lainnya.

- *Duh.. bahagia ya jeng, Alhamdulillah*
- *Rahasia awet muda, skincare, suami care dan rekening care,* tulis akun lain disertai emot tertawa.

Aku dalam hati mengaminkan komentar akun itu. Selama menikah dengan mas Aryo aku memang tak pernah bisa membeli lipstik ataupun bedak apalagi perawatan-perawatan pelembap wajah dan teman-temannya.

Jangankan itu, untuk membawakan martabak saja hanya malam minggu. Padahal mas Aryo selalu membawa martabak setiap malam, ketika kami berpacaran dulu.

Karena kesal akhirnya kututup akun sosial media dan menuju dapur untuk memasak. Ini saat yang tepat. Aku akan mengamalkan ritual awet muda dari eyang buyutku dulu. Konon, darah wanita haid akan membuat laki-laki takluk sampai mati.

Aku akan melakukannya sendiri. Setetes darah kucampurkan bersama tumis kangkung yang kumasak. Aromanya menguar lezat. Ah, aku tak sabar menyantap masakanku bersama mas Aryo saat ia pulang nanti.

21 Januari 2021

KONSTELASI RINDU

Malam ini desau angin terasa lebih dingin. Meninggalkan aku dalam kesendirian. Mendekap gigil.

Harum sedap malam menguar seiring bunyi jangkrik yang terdengar nyaring malam ini. Aku meringkuk di balik pintu kayu. Menahan diri untuk tidak menerobos malam dengan kaki telanjang.

Jarum jam terus beranjak meninggalkanku, tak ingin berhenti barang sedetik agar aku bisa meredam. Rasa di dalam dada yang membuncah. Seketika menjadi layaknya kepingkeping kaca yang repih.

Pikirku diterbangkan ke sebuah masa, pertemuan kedua kali kita. Sesaat setelah kau diwisuda. Aku yang seram-pangan memakai kebaya dengan rok sempit yang membu-atku serasa terhimpit. Berlarian kecil untuk memberikan tanda selamat untuk gelar baru yang kau sandang, sarjana teknik kimia.

Seharusnya kau berada di jalur astronomi. Menceritakan gugus bintangbintang yang kita lihat dari depan tenda malam itu. Orion, yang selalu menarikmu dengan pendar birunya. Scorpio, yang konon selalu menemukan ke mana perginya Orion. Kemudian kau akan mengisahkan bagaimana Hera dan Zeus bercumbu sepanjang malam.

Aku masih terperangkap di antara masa itu. Bersama keping kenangan yang masih membekas dalam ingatan.

"Del, sini foto dulu!" pintamu padaku saat itu. Aku tak bisa menolak. Pun karena mengharapkan hal itu darimu.

Kudengar kedua kakak perempuanmu menjodoh-jodohkan kita saat itu. Aku hanya diam, namun mengamin-kan setiap kalimat candaan itu.

Aku tak bisa menahan diri lebih lama lagi, setiap malam hanya meringkung di balik pintu kayu sembari memikir-kanmu; rindu.

Sekali ini saja, aku ingin menuruti ego. Merobohkan dinding setiamu pada sebuah nama itu.

Biar aku mendengar kisah tentang dewadewi lagi seperti malam itu. Juga tentang bagaimana selsel yang membunuh diri mereka sendiri karena cinta pada Pencipta-Nya.

Peluk saja aku layaknya kekasihmu itu. Berikan waktu sejenak untukku menikmati hangatmu yang memabukkan.

Tidakkah egomu juga merindukanku, Nu?

22 Januari 2021

PINDANG SAMBAL BALADO

Selepas salat subuh, Naya bergegas menuju kamar mandi untuk memuntahkan semua isi perutnya. Kehamilan trimester pertama membuat tubuhnya harus beradaptasi karena perubahan hormon.

Semenjak hasil tes urin di tespack menunjukkan hasil positif, Naya mulai mengalami mual muntah. Hampir semua makanan yang ia makan hanya melewati kerongkongan. Tak ada yang bisa dicerna, kecuali bubur ayam dan buah apel.

"Sayang, kamu nggak 'pa-pa?" tanya suaminya sambil memijit tengkuk Naya dengan lembut.

"Nggak 'pa-pa. Abang lanjutin sarapan aja ya, aku siapin baju kerjanya."

***

"Abang pergi dulu, Sayang. Assalamu'alaikum," kata lelaki itu.

"Wa'alaikumsalam," jawab Naya.

Suaminya sudah pergi bekerja. Naya melanjutkan pekerjaan rumah yang belum sempat ia selesaikan tadi. Menjemur pakaian di belakang rumah kemudian menyapu seluruh ruangan.

Usai menyelesaikan pekerjaannya, Naya kembali menonton drama buatan negeri ginseng itu. Dering telepon membuatnya berhenti sejenak.

"Halo, assalamu'alaikum."

"Wa'alaikumsalam. Mbak.. besok lusa datang 'kan?"

Widya, adiknya yang menelepon.

"Insyaallah. Nanti mbak datang sama abang."

"Iya. Ibu kangen sama Mbak, sudah nanyain terus."

"Iya, insyaallah Mbak datang. Salam buat Ibu, ya."

Sambungan telepon terputus. Naya mematikan laptopnya dan memutuskan untuk belanja untuk keperluan memasak di hari istimewa ibunya, besok lusa.

***

Hari yang ditunggu tiba, Naya dan suaminya datang mengunjungi rumah ibu mereka yang letaknya di kabupaten sebelah. Naya mencium dan memeluk ibunya penuh haru. Menyalurkan kerinduan yang selama ini terpendam, tanpa pertemuan.

Mereka berkumpul di ruang makan. Seperti biasanya, ucapan selamat ulang tahun dan berdoa bersama dipanjatkan penuh suka cita. Hanya saja bapak sudah tiada di antara mereka.

Naya membuka kotak makan yang ia bawa, kemudian memberikan hasil masakannya pada sang ibu.

"Ini masakan pertama yang Aya pelajari. Meskipun dulu Aya masaknya gosong karena nggak dikasih air. Semoga ibu suka."

"Ikan pindang balado. Kesukaan Bapak. Terimakasih ya Nak, Ibu senang."

"Sama-sama, Bu. Aya sayang Ibu. Kami semua sayang ibu."

#MY, 23 Januari 2021

BECAK TUA BAPAK

Siang itu begitu terik, seolah matahari berada di atas tiang-tiang listrik yang terpasang di sepanjang jalan Kampung Batik Trusmi di Plered, Cirebon.

Seorang pria berusia empat puluh tahun duduk di atas becaknya. Mengamati lalu lintas yang padat siang itu. Ah, lalu lintas memang padat setiap harinya. Di jalan tempatnya mangkal untuk menawarkan jasa, sudah berjejer pertokoan yang banyaknya lebih dari sepuluh. Sedangkan dirinya, masih menjadi tukang becak.

Dunia terus berubah, pikirnya. Hanya dia yang tak banyak mengalami perubahan. Tetap miskin, tinggal di rumah sempit, lengkap dengan keluarga kecilnya. Anak-anaknya bahkan sudah mulai beranjak dewasa.

Fitri, anak sulungnya sebentar lagi akan diwisuda. Mungkin setelahnya akan ada laki-laki yang menikahinya. Tapi bagaimana dengan Adnan, anak bungsunya yang masih berada di bangku SMP? Ia hanya berharap masih diberi kesehatan dan umur panjang untuk bisa mengantar kedua anaknya menuju gerbang kesuksesan.

"Pak, ke toko batik Shofa ya!" ucap seorang lelaki muda membuyarkan lamunannya.

Cepat-cepat ia mempersilakan lelaki muda itu naik dan mulai mengayuh becaknya menuju tempat yang disebutkan tadi.

Tiba di depan toko batik itu, lelaki muda turun dan memberinya uang dua puluh ribuan.

"Mas, ini lebih mas uangnya!"

"Nggak apa-apa pak, sebagai ucapan terimakasih dari saya untuk bapak."

"Terimakasih ya mas! Alhamdulillah. Semoga berkah rezeki sampeyan."

"Aamiin." balas lelaki muda.

Dari kejauhan, remaja laki-laki mengamatinya. Kemudian berjalan pelan menuju arah berlawanan dengannya.

Usai mengantar lelaki muda tadi, ia mengayuh becak menuju rumahnya yang berjarak kurang lebih lima puluh meter dari kawasan tempat becaknya mangkal. Si bungsu sudah berada di rumah dan istrinya sudah menyiapkan makanan. Kedatangannya disambut dengan senyum manis sang istri.

"Pak, setelah tamat sekolah, aku mau ke Jakarta cari kerja." ucap Adnan, anak bungsunya.

Mendengar ucapan si bungsu, ia hanya terdiam, kemu-dian meneruskan makan siang. Setelahnya ia mencoba memberi penjelasan pada anak bungsunya itu, jika setidaknya si bungsu harus memiliki ijazah pendidikan minimal SMA dan keahlian khusus, supaya tak seperti dirinya.

Si bungsu hanya menyimak sambil sesekali mengangguk. Ia hanya tersenyum sambil mengusap lembut puncak kepala anak bungsunya.

***

Dua hari kemudian, Fitri si sulung menangis begitu dua orang berseragam lengkap dengan lencana polisi datang ke rumah. Keduanya juga membawa foto becak tua yang ringsek. Becak yang biasa digunakan untuk mencari penghidupan sehari-hari itu kondisinya mengenaskan.

Terlebih lagi yang empunya sudah berpulang dua hari yang lalu, selepas tengah malam. Entah mengapa ia meninggalkan becaknya tetap di pangkalan malam itu dan memilih berjalan kaki sampai rumah.

"Bapak ..., maafkan Fitri belum bisa membahagiakan Bapak."

24 Januari 2021

DAWAI RINDU PANGERAN

Matahari mulai beranjak, meninggalkan rona jingga yang perlahan mulai hilang dilumat kegelapan. Sesosok makhluk tak kasat mata muncul dari dalam danau. Perlahan, sosok itu muncul ke permukaan danau. Tubuhnya mulai menyerupai manusia, tanduk berwarna hijau zamrud di kepalanya, mata seperti biru lautan. Di punggungnya, sayap berwarna putih membelah cantik.

Matanya masih terpejam, tangan bersedekap. Dia mulai menyeringai ketika kakinya yang bersisik mulai berubah wujud menyerupai kaki manusia. Wajahnya yang semula menyeramkan menjadi tampan layaknya sosok pangeran impian setiap gadis-gadis di dunia.

Sosok itu mengeluarkan suara decitan aneh dengan nada yang indah. Nyanyian yang hanya bisa didengar oleh kekasihnya, yaitu gadis perawan yang menyukai bunga kantil.

***

Aluna berjalan mengendap-endap keluar rumah tanpa alas kaki. Gadis itu berniat menuju tempat kekasihnya di tepi danau. Di antara kegelapan, ia hanya berbekal senter dari ponsel keluaran lama miliknya dan berjalan mengikuti instingnya untuk bertemu dengan kekasihnya.

Kekasihnya sedari tadi masih menyanyikan lagu romantis, lagu yang menggambarkan kerinduan yang sangat. Sudah berapa lama mereka tak bertemu? Sepertinya tiga purnama terasa sangat lama.

Aluna tiba di tepi danau. Lelaki tampan itu duduk memandang ke arah danau yang ditumbuhi aneka bunga teratai. Aluna mematikan senter dari ponselnya lalu melangkah dan duduk di dekat kekasihnya itu.

Melihat kekasihnya sudah tiba, lelaki tampan yang duduk di tepian danau itu menghentikan suara decitan yang terdengar seperti nyanyian untuk kekasihnya.

"Aluna, kau datang," katanya.

"Ya. Aku datang karena kau terus bernyanyi," kata gadis itu.

"Aku merindukanmu, sangat." Lelaki tampan itu tersenyum.

"Aku juga." Aluna tampak murung ketika mengatakan kalimat itu.

Gadis itu menghela napas dan mengembuskannya pelan. Ia tak pernah bertemu kekasihnya selain di tepi danau ini.

"Seta, sejujurnya aku bingung." Dia mulai mengungkapkan benang kusut di kepalanya, berharap kekasihnya mengerti dan menawarkan jalan keluar untuk mereka.

"Kenapa?" Lelaki itu kembali bertanya.

"Kapan kamu akan menemui orangtuaku?" Pertanyaan itu membuat raut wajah lelaki tampan berubah.

Lelaki itu mendesis. Kemudian mengeluarkan suara decitan aneh yang terdengar serupa nyanyian di telinga Aluna.

Aluna akhirnya luluh. Ia tak lagi bertanya. Bahkan keti-ka lelaki yang dipanggilnya Seta itu mulai menuntunnya memasuki danau, Aluna masih mengikutinya.

Aluna menikmati genggaman tangan hangat Seta. Ia bahkan tak menyadari jika air danau sudah sebatas dadanya. Aluna hanya ingin melepaskan rindu pada Seta, kekasihnya.

Hingga esok paginya, seluruh warga di perkampungan itu geger, karena anak gadis warganya kembali hilang tanpa sebab, hanya barang berupa ponsel dan setelan baju yang tertinggal di tepian danau.

25 Januari 2021

TUTUP BUKU

Tumpukan kiriman dokumen dan parsel yang datang dari berbagai daerah membuat pikiran Yudi kalut. Selama dua tahun bekerja di kantor sebuah jasa pengiriman membuatnya harus berkutat dengan berbagai macam jenis paket kiriman, mulai dari dokumen, parsel barang dari yang kecil hingga barang yang ukurannya besar seperti kendaraan bermotor.

Yudi sudah menemui berbagai macam tipe pelanggan dalam menyikapi paket yang datang terlambat. Ada yang memaki-maki, ada yang memaklumi, ada yang mengkhianati kemudian mati. Eh, yang terakhir itu hanya curhatan Yudi saja.

Hari itu banyak sekali paket yang harus diantar. Tapi, dari sekian banyak paket, Yudi dibuat penasaran dengan sebuah paket yang ditujukan untuk Destari. Mungkinkah Destari yang sempat membuatnya terpesona, atau Destari yang hanya kebetulan memiliki nama yang sama dengan Destari-nya?

"Ah, lebih baik langsung kuantar saja. Daripada tebak-tebak manggis," ucap Yudi kemudian bergegas mengemas paket yang akan diantarnya.

***

Yudi sudah berkeliling kota Tanjungpandan untuk mengantarkan paket-paket ke pelanggan. Sudah hampir pukul delapan malam. Jam kantornya sudah habis. Tapi masih ada satu paket tersisa. Untuk Destari. Ia sengaja mengantarkan paket itu paling akhir, karena alamatnya searah dengan rumahnya. Dan juga, karena penasaran dengan pemilik nama itu.

Yudi tiba di sebuah rumah sederhana dengan teras yang dipenuhi aneka bunga dan sayur-sayuran yang ditanam dalam polibag hitam. Seketika jantungnya berdetak lebih cepat. Suaranya mendadak tercekat.

Yudi mengambil paket itu dan memegangnya di tangan kiri. Tangan kanannya bersiap mengetuk pintu, namun urung. Lagi, jantungnya berdebar-debar, rasanya mirip seperti saat si doi menghilang tanpa kabar.

"Duh, santai bro! Kan ini kerja. Lagi kerja bukan ngapel!" sungutnya pada diri sendiri.

Ia mengucap basmalah dalam hati, kemudian mengetuk pelan pintu itu sebanyak tiga kali. Sunnah.

"Assalamu'alaikum ..."

Yudi sedikit cemas ketika suara perempuan membalas dari dalam rumah.

"Wa'alaikumussalam," jawab seorang perempuan seraya membuka pintu.

Yudi bergeming.

"Oh, Yudi, ada perlu apa, ya?" tanya perempuan berjilbab hitam itu.

"O-oh. I-ini. Ada paket untuk kamu," Yudi menyerahkan paket itu pada perempuan di depannya. Destari-nya.

"Makasih, ya! Kamu kerja di ekspedisi sekarang?"

"I-iya. Ya udah Des, aku pamit dulu. Assalamu'alaikum."

"Wa'alaikumsalam."

Yudi segera melajukan motornya ke arah rumah. Seketika ia memegangi dadanya. Jantungnya masih berdetak lebih cepat. Bertemu dengan Destari-nya ternyata masih membuatnya linglung. Bahkan setelah hampir lima tahun mereka tak bertemu.

Salahkan Destari yang terlihat semakin berseri. Salahkan saja Destari yang terlalu baik padanya hingga membuatnya jatuh cinta pada kali kedua. Salahkan Destari yang masih berada di dalam ingatan indah yang tak ingin dilupakannya. Tapi setidaknya, di balik hari yang kalut, ada bahagia di penghujungnya.

"Pergilah dari ingatanku, Des!"
AKU INGIN BEBAS

28 Januari 2021

DEAR DIARY

Semilir lembut menerbangkan anak rambut gadis bernama Rahayu itu. Jarum jam menunjuk angka sebelas namun gadis itu masih duduk menghadap jendela kamar. Membiarkan tirainya terbuka, padahal ia hanya bisa samar memandang taman di depan rumah yang terkena cahaya lampu.

Tahun keduanya tinggal di kota Cirebon, tak lantas membuatnya bisa menghapus kenangan bersama Edo, drummer band sekolah sekaligus kakak kelasnya semasa SMA. Dan juga, mengembara ke pulau Jawa untuk meneruskan pendidikan, membuatnya sering merindukan omelan ibu atau guyonan ayahnya saat mereka bercanda. Padatnya tugas kuliah kadang membuatnya harus menunggu jam kuliah kosong untuk sekedar menelepon mereka.

Rahayu meraih cangkir berisi kopi yang sudah dingin karena dibiarkan terlalu lama. Tugas menulis jurnal untuk mata kuliah zoologi sudah selesai ia kerjakan, namun kantuk tak kunjung datang.

Gadis itu membuka laci meja belajarnya. Mengeluarkan buku berukuran B5 dengan hardcover bertuliskan nama Rahayu Diandra.

Tangan kecilnya mulai menggoreskan kertas putih itu dengan kalimat khas seorang gadis yang menuangkan kisah dari hatinya.

Cirebon, 12 September 2012

Dear diary ...

Sesaat aku mengingat, tentangnya yang jauh di sana
Senyum hangatnya, tatapan teduhnya
Dan kelembutannya dalam bertutur
Aku tidak salah 'kan?
Aku menyukainya sejak awal
Bahkan dengan bodoh mengucapkannya secara terang-terangan
Tapi ...
Aku memang pengecut
Tak berani mengiyakan cinta padanya dan malah lari ke tanah Jawa
Aku bodoh bukan? Hahaha tentu saja, aku bodoh dan aku menyesal.
Diary ...
Tahukah kau?
Sedang apa dia di sana?
Apa masih memikirkanku atau justru dengan mudah melupakanku?

Diary...
Aku merindukannya
Sungguh

28 Januari 2021

MARAH TANDA CINTA

Matahari mulai beranjak naik. Membuat pagiku semakin cerah. Senyumku rekah, sebagaimana binar mataku yang tak lagi resah.

Seragam olahraga sudah kukenakan dari rumah. Aku melangkah pasti menuju kelasku yang berada di deretan gedung paling belakang, dekat dengan hamparan sawah yang luas.

Jumat ini adalah jadwal untuk senam kebugaran jasmani. Semua siswa diwajibkan untuk senam pagi, dipimpin teman-temanku yang berbakat di bidang atletik. Di sekolahku agenda setiap hari jumat berbeda-beda, kadang lomba pidato antarkelas, lomba membaca puisi, senam bersama, sampai pengajian bersama pendiri pesantren sekaligus pemilik sekolah, Buya Syakur.

Aku meletakkan tas di meja tempatku duduk. Barisan kedua dari pintu masuk. Kulihat kursi di sebelahku yang di atasnya sudah berisi tas dan jaket berwarna hitam. Si empunya sudah datang, membuatku tersenyum tanpa sadar.

Dia adalah Robby Mahendra, pemain inti dalam tim sepak bola sekolah kami. Posisinya sebagai back sayap kanan (wing back) dalam tim. Caranya bermain dalam tim dan kelincahannya dalam memberi umpan lambung maupun eksekutor bola mati membuatku kagum.

Tet-tet-tet!

Bel tanda jam pelajaran pertama dimulai. Aku bergegas keluar kelas dan menuju lapangan. Bersiap di barisan paling depan dengan teman-temanku yang lain. Aku melempar senyum padanya yang berdiri tak jauh dariku. Ia bersama keempat teman lainnya bertugas menjadi pemimpin gerakan senam.

"Cie ..." seloroh temanku, Mia.

Aku mencubit lengannya, membuatnya seketika mengaduh.

"Kebiasaan deh! Main cubit aja! Sakit tahu!"

Aku hanya menampilkan deretan gigiku sembari menangkupkan kedua tangan ke arahnya. Kulihat sekilas, Robi melirik ke arah kami dan tersenyum. Aku hanya mengacungkan kepalan tanganku padanya yang dibalas dengan tatapan tak acuh darinya. Huh, awas saja!

***

Usai kegiatan senam bersama, kami diberi jeda lima belas menit untuk mengganti seragam olahraga dengan seragam formal sebelum memulai pelajaran pertama.

Saat akan menuju kelas, seperti biasanya kulihat ia tengah menyantap seporsi mie instan berkuah lengkap dengan lontong. Aku pamit pada Mia untuk menghampirinya lebih dulu.

"Duh ... sayang aku udah selesai. Sini sarapan dulu!" ucapnya begitu melihatku.

Aku duduk di bangku panjang yang berhadapan dengannya.

"Aku udah sarapan kok," jawabku.

"Jadi, mau nungguin aku?"

"Mau nanyain tugas Bahasa Inggris udah dikerjain apa belum?"

"Udah. Gampang kok, cuma bikin surat cinta. Aku udah sering bikin surat cinta pakai bahasa Inggris. Buat pacarku, yang sekarang duduk di depanku."

Aku mencubit lengannya seketika. Padahal masih pagi, ia sudah membuatku kesal. Ia hanya terkekeh melihatku dan buru-buru menyelesaikan sarapannya. Setelahnya, ia meminta maaf telah membuatku kesal, kemudian bercerita tentang pertandingan antara Manchester United versus Liverpool semalam untuk melupakan kekesalanku padanya.

"Jangan marah, itu tandanya cinta."

28 Januari 2021

SELASAR KOMIDI PUTAR

Bunyi sepatu pantofel itu terdengar merdu beradu dengan lantai yang dipasang konblok. Sepasang kaki mungil melangkah dengan riang menuju wahana permainan.

"Ayah, Adel mau naik itu!" jari telunjuknya mengarah pada wahana berbentuk seperti piring raksasa dengan aneka kuda-kuda lucu di atasnya yang berputar bergantian seiring lagu yang dimainkan.

"Boleh. Ayah pesan karcis dulu ya," lelaki berusia tiga puluhan itu melangkah menuju tempat membeli tiket masuk aneka wahana.

Bocah perempuan bermata bulat itu menganggguk, tetap berdiri di tempatnya sambil menunggu sang ayah selesai membeli karcis untuk menaiki wahana. Ini kali pertamanya mengunjungi tempat menyenangkan seperti ini.

"Nah, Ayah sudah beli karcis. Yuk, kita naik!" Adel menggenggam tangan ayahnya. Dengan riang mereka naik. Adel memilih kuda berwarna putih sedangkan sang ayah berada di sebelahnya.

Waktu terus berputar, hampir semua arena bermain mereka coba. Tak terasa lampu berwarna-warni sudah menghiasi langit malam itu. Bocah perempuan bermata bulat itu sudah mulai kelelahan. Sang ayah menggendongnya sembari membawakan permen kapas berwarna merah di tangannya.

***

Sore itu Mila pergi mengunjungi pasar malam bersama ayahnya. Satu tangannya menggenggam tangan sang ayah. Karena terlalu bersemangat, rambutnya yang dikuncir dua ikut bergerak-gerak.

"Ayah. Itu siapa? Kok sendirian aja?" tanya Mila pada ayahnya sambil menunjuk ke arah wahana komidi putar.

Ayahnya hanya bisa kebingungan karena tak melihat siapa pun di sana.

"Nggak ada siapa-siapa, Sayang," kata lelaki itu setelah celingukan mencari seseorang yang ditunjuk putrinya.

"Ada, Ayah. Dia pakai baju putih dan rok kotak-kotak." sahut Mila, membuat sang ayah segera menggendongnya untuk menjauh dari sana.

Mereka menyebutnya Adel. Bocah perempuan bermata bulat yang ditemukan tewas setelah menaiki komidi putar di sebuah pasar malam yang berada di kawasan Cakung, Jakarta Timur.

Masih tak diketahui dengan pasti penyebab bocah perempuan lucu itu meregang nyawa. Berdasarkan kisah yang beredar dari mulut ke mulut, bocah perempuan itu mengalami serangan jantung ketika naik wahana komidi putar. Sebagian yang lain menyatakan jika gadis kecil itu meninggal akibat kelelahan karena terlalu banyak wahana yang ia kunjungi bersama ayahnya. Bahkan ada yang menyebutkan jika sebenarnya ia sengaja ditinggalkan dan dibiarkan 'pergi' oleh ayahnya sendiri.

29 Januari 2021

DARI BALIK JENDELA KAYU

Hari di bulan Januari memasuki akhir masanya. Di luar sana, beberapa panggung acara musik sudah terpasang di rumah-rumah yang akan menggelar hajatan dan mengundang banyak handai tolan untuk hadir. Sepanjang jalan Sukamandi hingga Merak, terdapat tiga hingga empat panggung, begitu yang diceritakan oleh ayahku.

Januari perlahan mulai meninggalkanku yang tertatih, tak mampu untuk mengejarnya. Aku yang masih meringkuk lemah dari balik jendela kayu. Menangisi tiap silap yang sudah kulalui.

"Mel, makan dulu!" seru ibuku dari balik pintu.

Bergegas kuseret kaki dengan susah payah untuk melangkah menuju pintu kamar yang terbuka. Meraih sepiring nasi dengan lauk sayur bayam dan tempe goreng.

"Bu, kata Bapak banyak panggung musik, memang ada acara apa, sih?"

"Biasa. Nikahan dan syukuran. Udah, makan dulu, biar cepat sehat!" tukas Ibu lalu kembali ke dapur untuk menyelesaikan pekerjaannya.

Malam menjelang, aku hanya bisa menatap televisi yang berbicara sendiri, karena satu persatu anggota keluargaku di rumah ini sudah terlelap dalam mimpi.

Kutengok gawai yang sepi dari notifikasi. Tiada siapapun peduli dengan keluhku. Keparat!

Akan kubuat mereka menyesali karena telah membiar-kanku sendiri. Lihat saja nanti!

Kumasukkan nama mereka dalam daftar hitam di ponsel layar sentuh milikku. Aku tersenyum, puas rasanya akan bisa membalas mereka semua.

***

Pagi yang cerah, langit berwarna keunguan dengan daun-daun jambu menutupi atap rumahku. Dari balik jendela kamar, aku melihat sepasang gereja sedang bersahut merdu.

Kuseret kaki menuju teras depan, mengambil beberapa foto kucing tetangga yang tengah berbaring tak jauh dari teras rumah. Tak lama aku kembali ke kamar dengan kaki terpincang-pincang.

Tring-tring-tring!

Bunyi notifikasi dari gawaiku mulai ramai. Aku tersenyum puas melihat berbagai respon mereka yang ketakutan.

'Rasakan pembalasan dendamku!' batinku berapi-api, kemudian melanjutkan mengirim gambar kucing berdarah-darah ke nama yang sudah masuk daftar hitam di gawaiku.

30 Januari 2021

SEMERAH CAT TUMPAH DI KANVASMU

Di sebuah ruangan berukuran 6x6 meter dengan dinding bercat abu itu, seorang lelaki muda sedang menatap kanvas di depannya dengan mimik wajah serius. Tangan dan pipinya dipenuhi cat beraneka warna. Cipratan cat juga mengenai sedikit lengan bajunya.

Beberapa sapuan kuas lagi ia menyelesaikan lukisannya. Warna biru dongker dan hitam menjadi nyawa setiap karya lukisannya.

"Ren, sudah malam. Kamu nggak istirahat?" suara perempuan sedikit memecah konsentrasinya.

"Sebentar lagi." sahutnya ketus.

Bunyi pintu ruangan ditutup menandakan bahwa perempuan itu sudah beranjak.

Lelaki berambut lurus dengan potongan ala Leonardo DiCaprio sewaktu memerankan film Titanic itu masih berusaha menyelesaikan lukisannya. Ia tersenyum puas begitu selesai membubuhkan tanda tangannya pada lukisan itu.

Tok-tok-tok!

Suara ketukan pintu kembali terdengar. Ia segera membuka celemek dan membuka pintu.

"Kau?" ucapnya.

Kedua matanya terbelalak. Seketika ia mendorong pintu, hendak menutupnya. Namun kaki perempuan itu menahannya.

"Jangan lari lagi, Rendra." desis perempuan itu kemudian menarik tangan Rendra. Dengan satu gerakan cepat, perempuan itu mengunci tangan Rendra di belakang punggungnya.

"Kau tidak akan pernah merasakan bahagia sebelum kau benar-benar mati!"

Perempuan itu mengarahkan belati ke arah leher Rendra.

"Jangaaan!" suara teriakan membuat fokus perempuan berambut ungu lilac itu teralihkan.

"Kumohon maafkan Rendra, Kak!"

***

Rendra mengerjapkan mata. Pandangnnya menyapu sekeliling. Jendela terbuka dengan tirai berwarna putih yang bergerak-gerak seiring semilir bertiup.

Ia lalu bersandar pada kepala ranjang yang berukiran kepala naga itu. Rendra pernah berada di tempat ini. Dulu sekali. Entahlah. Ia tak begitu mengingatnya.

"Aargh! Kepalaku! Kenapa rasanya sakit sekali?" Rendra memegangi kepalanya yang terasa sangat berat. Pandangan-nya seketika buram.

"Sudah bangun?" suara seorang perempuan di ambang pintu kamar terdengar samar di telinga Rendra.

Perempuan yang membawa nampan berisi bubur oat dan segelas susu rasa cokelat itu melangkah masuk kemudian meletakkan nampan yang dibawanya di atas nakas.

Kedua tangannya memegang bahu Rendra, kemudian membawanya bersandar pada bantal yang disusun meninggi.

"Semalam kamu kambuh lagi. Maaf, aku terpaksa kasih obat tidur." jelasnya pelan.

Rendra yang masih merasakan sakit di kepalanya hanya bisa memejamkan mata.

"Aku udah buat bubur oat dan susu cokelat untuk sarapanmu," ucapnya lagi, kemudian berdiri.

Saat perempuan itu akan melangkahkan kaki, Rendra bersuara.

"Nin, aku tahu ini bukan rumahku. Ini di mana?"

Perempuan itu terdiam sejenak. Tetap berada di posisinya sekarang.

"Rumah kita. Rumah masa depan kita." ucapnya lalu melangkah keluar

Rendra hanya mengerang sambil memegangi kepalanya. Sakit di kepalanya begitu menyiksa.

"Nina! Kau mau membunuhku, hah?" teriakan Rendra hanya membuat perempuan bernama Nina terkikik.

Perempuan itu perlahan menyayat pergelangan tangan-nya sendiri kemudian membiarkan darah yang mengalir mengenai lukisan yang dibuat Rendra malam itu. Lukisan Rendra yang didominasi warna biru dongker dan hitam itu seketika menjadi merah.

"Jika aku tak bisa memilikimu. Maka tak akan kubiarkan seorangpun menyentuhmu, Rendra!"

02 Februari 2021

ALUNAN MERDU SEBAIT RINDU

S'perti bintang di langit begitu cinta kita
Tak 'kan pernah binasa meski terhapus masa
Terimakasih Tuhan
Kau telah sempurnakan
Telah engkau ciptakan dia untuk diriku

Lagu Cinta yang Sempurna milik Jingga itu terdengar sangat merdu ketika dinyanyikan oleh Roby. Pentolan grup band sekolah sekaligus ketua ekstrakulikuler Paskibra di SMA Negeri 1 Sukagumiwang.

Aku melihatnya dari depan tenda kelompok perempuan yang letaknya bersebrangan dengan tenda kelompok laki-laki. Beberapa teman masih sibuk menghafalkan materi untuk lolos ujian Syarat Kecakapan Umum (SKU). Aku dan teman-teman masih berada di tingkat Bantara, sehingga perlu lolos SKU untuk naik ke tingkat Laksana.

Karena tengah malam nanti akan diadakan SKU, aku sengaja tidak melepas sepatu. Hanya berganti atasan dengan pakaian cadangan yang kupersiapkan dari rumah.

Pandanganku masih tak lepas dari Roby. Bahkan ketika Jinan menyuruhku untuk segera bergabung tidur, aku tak menanggapinya.

Kulihat ia menyerahkan gitar pada Firman, temannya sesama anggota di paskibra. Firman pernah satu kelas denganku di kelas X dulu. Ia bersorak 'ciee' begitu Roby melangkah ke arahku. Roby mengambil duduk di sebelah kananku, jarak kami yang hanya satu bata membuatku berdebar.

"Kenapa belum tidur?" tanyanya.

"Kan pengen lihat Kamu nyanyi,"

"Bukannya nanti SKU?"

"Iya. Ya nggak 'pa-pa. Aku nanti tidur sebentar kok,"

"Ya udah, tidur geh."

"Kalau ngobrol sama Kamu aja, boleh nggak?"

"Nggak bosan?"

"Nggak lah. Kan sayang, nggak mungkin bosan."

Ia terkekeh. Kemudian mengatakan jika aku satu-satunya anomali. Mungkin satu-satunya perempuan yang akan mengatakan demikian pada laki-laki.

Teman-temanku menyebutku muka tembok, karena sedikit tak tahu malu. Bayangkan saja, aku menyatakan jika aku menyukai Roby secara langsung, di taman belakang sekolah, dulu. Beruntung dia juga ternyata menyukaiku, sehingga tak menolak perasaanku saat itu.

Kami bercerita tentang masa-masa kisah bagaimana kami akhirnya bisa dekat dan menjadi sepasang yang saling melengkapi. Roby berbakat di bidang non akademis, sedangkan aku langganan juara kelas. Cerita tentang kami menyebar begitu cepat seantero sekolah.

"Pacarku nggak boleh begadang. Nanti nggak konsen pas SKU. Kamu tidur, ya." ucapnya sebelum kembali ke tenda kelompoknya.

Aku menganggguk. Bergabung kembali dengan teman-teman ke dalam tenda lalu memejamkan mata.

***

Semester baru menjelang, artinya Roby akan semakin sibuk karena memasuki masa persiapan untuk Ujian Akhir Nasional (UAN).

Ia berpesan padaku untuk bersabar karena kemungkinan kami akan jarang bertemu. Aku tak masalah, karena selama ini kami hanya bisa bertemu di jam usai sekolah.

Usai jam kelas, aku menunggunya di bangku panjang dekat lapangan basket. Karena jam belajar tambahan, ia keluar kelas lebih lama. Langkahnya menuju ke arahku begitu jam kelas tambahan usai. Senyumnya mengembang, seperti biasanya.

"Lama ya, Sayang?"

"Nggak kok, aku udah mulai biasa nunggu," kilahku.

Kami berjalan beriringan menuju halte sekolah. Ia menceritakan tentang jam tambahan matematika yang membuat kepalanya berdenyut. Aku tertawa. Sebegitu tak sukanya ia pada Bu Mar, guru matematika yang mengajar jam tambahan, hingga matematika terasa menyeramkan baginya. Aku terkikik geli mendengarnya bercerita.

"Permisi, boleh saya duduk?," suara bariton itu berhasil memotong kisahku dengan Roby.

Aku tersadar, tersenyum kikuk ke arah lelaki itu. Lalu cepat-cepat menggeser duduk ke dekat jendela. Aku tak berani memperhatikan wajahnya yang terasa sangat familiar.

"Maka bunuhlah aku saat aku mencoba berpaling dan mencari penggantimu ..." suara itu membuatku mengalihkan pandangan.

Mata kami bersirobok. Aku menggigit bibir, kemudian menyungkingkan senyum tipis.

"Akhirnya ku menemukanmu," ucapnya dengan merdu.

03 Februari 2021

KEMBALILAH JIKA ITU BUKAN JALAN YANG KAU PILIH

Aku tak sabar menunggu bulan April tiba. Hari-hari di bulan April akan terasa sangat menyenangkan. Tiket tujuan Pangkalpinang sudah berhasil kupesan melalui aplikasi online. Izin untuk mengambil jatah cuti tahunan dari atasan juga sudah kukantongi.

Dua hari lagi, aku akan meninggalkan lingkaran rutinitas membosankan ini. Mengunjungi tempat baru, memacu adrenalinku yang masih mendidih.

Perjalanan kali ini sayangnya harus kulakukan sendiri. Karena Bimo, teman seperjuanganku sudah lebih dulu men-jadi seorang suami. Ia sudah memikul beban berat di pundaknya. Aku tak bisa lagi bebas mengajaknya keliling Indonesia, cita-cita yang belum sempat kami wujudkan bersama.

Ketika jam kerja usai, kulajukan motor menuju pasar swalayan terdekat. Berbelanja daftar persediaan untuk bekalku selama satu pekan perjalanan. Ah, sungguh tak sabar menunggu hari berganti.

***

Hari yang kutunggu tiba. Berbekal persediaan makanan, pakaian, peralatan cukur dan juga tiket di tangan, aku berto-lak dari bandara Soekarno-Hatta menuju bandara Depati Amir.

Perjalanan selama satu jam di udara kemudian dilanjutkan dengan perjalanan darat selama kurang lebih empat jam untuk sampai ke Muntok, Bangka Barat. Di sana aku akan menginap di rumah bibi dari pihak ibuku.

Jalan penuh lubang, akses jalan tak mulus membuatku tak bisa tertidur. Aku berpegangan untuk menahan badanku tak jatuh. Padahal aku termasuk orang yang akan terlelap selama perjalanan kemudian baru akan bangun ketika mendekati tujuan. Sungguh Maha Sempurna Tuhan yang telah menciptakanku dengan segala kekurangan dan kelebihan ini.

"Maaf ya Bang, jalan di sini memang tak semulus di kota. Abang nggak mabuk kendaraan 'kan?" tanya sopir minibus di sebelahku.

"Nggak 'pa-pa, Bang. Aku udah sering ketemu jalan yang lebih parah dari ini," kataku.

"Iya kah? Abang petualang sejati tampaknya," dia tersenyum, masih fokus melihat ke depan.

"Biasa kok. Masih menikmati kesendirian," aku terkekeh kemudian menelan ludah sendiri.

Perjalanan menuju rumah bibiku memang tak semulus jalan bebas hambatan. Namun pepohonan rindang, hutan karet, perkebunan sawit dan lada asli pedesaan yang indah, membuatku terpesona. Tak terasa, sampai juga aku di rumah bibi.

Karena sopir minibus mengenal bibiku, aku diantar langsung sampai ke depan rumah beliau. Bibi menyambut-ku dengan suka cita.

"*Lah besak ok pok ni. Dek terasa aben ya,*[4] " ucapnya dalam bahasa setempat.

---

[4] Ternyata kamu sudah besar, tidak terasa, ya?

Aku hanya tersenyum. Meskipun tak bisa menyahut dalam bahasa daerah tempat lahir ibuku, aku bisa paham maksud ucapan beliau.

Beliau membawaku ke kamar yang akan menjadi tempat tidurku selama beberapa malam.

"Kalau butuh apa-apa ambil saja di toko," ucap beliau sebelum kembali menjaga toko sembako miliknya.

Aku mengamati kamar tempatku menginap ini. Dinding bercat abu, lemari dua pintu dengan cermin besar, springbed berukuran sedang dan lampu tidur berbentuk jamur menempel di dinding dekat tempat tidur. Dan ada boneka beruang besar di sisi ranjang.

Aku merebahkan diri. Meluruskan punggung yang lelah karena perjalanan darat yang cukup menguras energi. Esok pagi aku akan mulai memanjakan diri.

Petualangan, aku datang!

***

Usai salat subuh berjamaah dengan keluarga bibi, aku memutuskan berlari-lari kecil di sekitar rumah sambil mengamati para tetangga yang datang belanja ke toko bibi. Satu gadis menarik perhatianku. Sambil memegang handuk kecil di leher, aku berlari kecil menghampirinya yang sedang menyiram tanaman seledri di dalam pot-pot berukuran sedang.

"Hai Dek, tanamannya cantik-cantik."

Ia hanya tersenyum dan menganggguk sopan. Sepertinya gombalan recehku tak bisa menembusnya.

"Dre! Pok dek mandi ok? Kate kelak e pegi ke Pasir Padi[5]*,"* ujar Paman yang membuatku tersenyum kikuk, lalu bergegas untuk mandi dan berkemas.

Aku memeriksa perlengkapan perjalanan. Ponsel, kamera, satu termos kopi hitam, dompet berisi uang tunai dan bekal makan siang yang dibuatkan oleh bibi.

Aku akan diantar oleh keponakan pamanku yang bernama Rendi. Ia yang akan memandu perjalanan sekaligus menyetir nanti.

Lelaki itu memiliki perawakan yang lebih kecil dariku. Hidungnya mancung, alis lebat dan lesung pipi, menjadi daya tariknya bagi kaum hawa. Kami berkenalan dan saling sapa.

Aku mencium tangan bibi dan paman sebelum pergi. Menutup pintu mobil dan melambaikan tangan pada mereka. Mobil melaju dengan kecepatan sedang. Musik mengalun dari pemutar lagu di handphone Rendi.

"Di Pasir Padi ada jembatan yang jadi mitos, Bang," kata lelaki itu.

Aku menoleh, "Oh ya? Apa mitosnya?"

"Kalau Abang bertemu dengan gadis di jembatan itu, maka akan berjodoh."

Aku terkekeh, "Aku tak percaya mitos." kataku.

Rendi hanya tertawa dan melanjutkan cerita lainnya. Seketika ingatanku kembali pada gadis berjilbab hitam dengan kemeja flanel dan rok berwarna abu gelap itu.

---

[5] Kamu nggak mandi? Katanya mau pergi ke Pasir Padi nanti

"Jika aku bukan jalanmu, kau hanya perlu berputar arah dan kembali."

Gadis asal Bangka yang membuatku terpesona. Mungkinkah ia?

#MY, 04 Februari 2021

TIDAK ADA HIDUP YANG SEMPURNA

Aku memulai hari dengan sebait pinta ke langit dunia, mengguncang singgasana Sang Kuasa dengan permohonan ampun untuk noda-noda yang terkumpul sepanjang perjalanan hidupku.

Kokok ayam terdengar bersahutan. Bergilir dalam zikir dan takbir. Cahaya matahari masih malu-malu muncul dari ufuk timur. Sedangkan aku kembali bergumul dengan bantal dan selimut. Menariknya hingga menutupi mata.

Udara di pagi hari membuat kulitku memerah dan bengkak. Karena itu aku membutuhkan selimut hangat untuk mengusir dingin.

"Bbrrr ... Dingin sekali," kataku mencoba menahan gigil.

Aku menggosok kedua telapak tangan, meringkuk kembali dalam seperti ulat membungkus diri menjadi kepompong.

Jarum jam terus berputar, menandai rotasi waktu yang membuat matahari kian meninggi. Ibu menyuruhku untuk membantu pekerjaan rumah.

Kutinggalkan selimut hangat dengan berat hati. Lalu mencuci pakaian yang sudah direndam dan menjemurnya di bawah atap, berharap terik matahari akan segera datang.

"Mel ... Bantu ibu goreng ikan ...!" seru ibu dari dapur.

Aku memeras pakaian terakhir lalu menjemurnya, dan kembali membantu ibu di dapur.

"Ibu harus melayat. Tetangga kita ada yang meninggal," kata perempuan yang wajah cantiknya tak lekang oleh waktu itu.

Ibu bergegas menakar beras dalam plastik dan memasukkan selembar uang ke dalam amplop. Memakai kaus kakinya dan pergi.

"Innalillahi wa innailaihi raji'un," ucapku kemudian membalik posisi ikan dalam penggorengan.

Setiap yang bernyawa pasti akan merasakan mati. Semoga aku kembali bertemu Sang Pencipta dalam keadaan terbaik.

***

Bunyi nyaring dari kaleng yang ditabuh membuatku menggeliat. Suara anak-anak di samping rumah membuat tidur siangku terganggu.

"Bangun Mel, minum obat dulu," ucap Ibuku.

Aku berjalan keluar kamar untuk mengambil lima butir kaplet berwarna putih dan kuning di kotak obat. Menyusun-nya di ujung lidah lalu meneguk air untuk mendorong kaplet itu ke dalam lambungku.

Pahit. Tapi karena terbiasa, aku tak lagi memuntah-kannya.

Kuayunkan kaki menuju dapur untuk mulai meracik bubur dengan lauk. Bubur nasi, sup ayam dan tahu. Menu istimewa yang diresepkan dokter Doni.

Rasanya enak karena ibu menambahkan garam, meski tak bisa menggunakan penyedap rasa. Aku duduk dan bersiap menyuap bubur ke dalam mulut.

Samar-samar kudengar ibu berbicara, entah apa. Aku masih tetap meneruskan makan. Menyuap sendok demi sendok makanan wajib harianku.

Kulihat ibu menghampiri. Menyodorkan alat berwarna putih itu ke arahku dan mengisyaratkan untuk memasangnya di telinga kiri.

"Tadi Ibu panggil Kamu nggak nyahut. Ternyata lupa dipakai alatnya," katanya.

Aku hanya diam dan melanjutkan makan.

Andai Aku Jadi Orang Lain.

04 Februari 2021

PENAWAR LUKA

Cahaya jingga mulai meninggalkan langit Jakarta. Suasana di Leucafe saat ini cukup lengang. Suasana yang membuat hati seorang lelaki bernama Ryuzaki menjadi tenang, meski sampai saat itu ia masih harus menunggu.

Ryuzaki duduk di tempat favoritnya. Bangku pasangan di sisi jendela kaca. Dari sana ia bisa melihat lalu-lalang kendaraan, lampu jalan berpendar keemasan, menghiasi jalanan malam. Menerangi sudut-sudut kota. Bahkan sekelompok pemuda yang bernyanyi-nyanyi sepanjang jalanan.

Lelaki yang berprofesi sebagai dokter anak itu melirik jam yang melingkari pergelangan tangan kirinya. Sudah dua puluh menit ia menunggu seseorang di sana.

Dua porsi spageti, secangkir kopi hitam dan latte masih utuh. Sama sekali belum tersentuh.

Ia meraih garpu kemudian mulai menggulung spageti yang terhidang. Mencoba menyantap spageti yang mulai terasa hambar itu. Ia menyesal tak segera menyantapnya selagi hangat.

Ryuzaki meletakkan garpu di sisi piring. Mengusap sudut bibirnya yang terkena saus bolognese menggunakan dua lembar tisu makan.

Drrt...

Gawai di saku kemejanya bergetar. Ia menggeser tombol hijau lalu berbicara.

"Ya, Ma?"

"Kapan kamu pulang?"

"Lusa aku libur off, Ma."

"Jangan lupa bawa Alba ke rumah."

"Insyaa Allah, Ma. Semoga dia mau."

"Bilang aja Mama yang mau ketemu,"

"Iya, Ma. Zaki akan bujuk dia lagi,"

"Ya sudah. Mama tunggu ya, Sayang. Assalamu' alaikum."

"Wa'alaikumsalam."

***

Lelaki berperawakan jangkung itu menekan bel yang terpasang di sisi pagar setinggi dua meter. Tak lama, seorang gadis berperawakan mungil keluar dan membukakan pagar.

"Masuk yuk!"

Ryuzaki mengikuti langkah gadis sampai ke ruang tamu. Mempersilkannya duduk di sofa berwarna abu, satu-satunya sofa besar yang berada di ruangan itu. Beberapa stool bermotif polkadot menjadi pelengkap ruangan.

"Aku ambil minum dulu," ucap gadis itu.

Ryuzaki hanya mengangguk. Perlahan matanya melihat sekeliling. Ruangan itu tak seluas rumahnya, namun terasa nyaman. Ventilasi udara tertata dengan baik. Buku-buku tersusun rapi di dalam rak kayu yang sekaligus berfungsi sebagai penyekat ruang tamu dengan ruanganan lain.

"Maaf lama, diminum dulu!" seloroh gadis itu sambil menata beberapa toples kue kering dan dua cangkir teh hangat di meja kaca.

Ia duduk di stool yang bersebrangan dengan Ryuzaki.

"Kamu apa kabar?"

Gadis itu hanya tersenyum, "Aku baik-baik aja. Hm ... Maksudku, sudah lebih baik dari kemarin. Dokter Agus kasih aku cuti, jadi ..."

"Masih ingat Aruna?" ucapan Ryuzaki membuat gadis itu berhenti bicara.

Terlihat mata gadis itu berkaca-kaca. Selama ini Ryuzaki merasa seperti prajurit yang kalah sebelum berperang di mata gadis itu.

"Al, aku tahu. Aku paham perasaan kamu. Tapi, aku butuh kamu, Al."

Ryuzaki meneruskan kalimatnya, "kamu itu matahari buat duniaku. Dan, aku selalu nunggu hati kamu terbuka. Bukan karena Mama atau Papaku, tapi karena aku. Cukup aku alasannya."

Gadis itu menganggguk.

"Aku tahu. Beri aku waktu sebentar lagi, Ryu."

05 Februari 2021

RAHARJO

Tok-tok-tok!
Tok-tok-tok!

Suara kentungan bambu memecah keheningan malam. Suara gaduh saling beradu, membuat aku yang sedang lelap akhirnya terbangun.

"Mbak, ada apa kok rame banget?" tanyaku sembari menepuk pelan bahu Mbak yang tertidur di sampingku.

Mbak mengucek mata, menajamkan pendengarannya. Seketika Mbak terlonjak kaget, segera duduk lalu berdiri dan berlari ke luar kamar.

"Mbak, kenapa sih ... ?"

Mbak kembali ke kamar lalu menarik tanganku untuk mengikutinya ke luar kamar.

Kulihat Ibu dan Bapak juga sudah berada di luar kamar mereka. Bapak segera membuka pintu rumah lalu kulihat beberapa petugas berseragam coklat dan beberapa orang yang biasa berjaga malam menghampiri.

"Ada apa ya, Pak?" tanya Bapak pada orang-orang itu.

"Status gunung sudah awas Pak, diharapkan segera meninggalkan rumah dan mengungsi ke tempat aman." Jawab seorang petugas berseragam coklat yang memakai jam tangan model rantai.

Aku bisa mendengar percakapan Bapak dan orang-orang berseragam itu. Mbak kembali mengagetkanku dengan menyampirkan jaket ke bahuku.

"Pakai jaketmu, Dek. Kita akan mengungsi malam ini,"

Aku hanya menuruti perintah Mbak. Tanpa bertanya lagi apa yang sedang terjadi.

Ibu sudah membawa tas ransel besar yang kemudian disandang oleh Bapak. Beliau memerintahkan kami untuk mengikuti langkah beliau dan saling berpegang tangan.

Malam hari membuat penerangan terbatas. Ketika keluar rumah, aku sempat melihat gunung yang berubah warnanya menjadi merah. Mbak menarik tanganku, setengah berlari kami mengikuti langkah Bapak. Suasana makin gaduh karena teriakan dan tangisan. Orang-orang panik berhamburan keluar rumah.

***

Pagi buta kami lewati dengan perasaan tak menentu. Aku tak pernah melepas genggaman tangan Mbak sepanjang perjalanan menuju tempat pengungsian. Banyak keluarga di tempat ini. Tempat yang biasanya menjadi kandang sapi untuk para warga yang beternak sapi menjelang hari raya Idul Adha.

Beberapa mobil datang dengan membawa aneka kardus mie instan, popok dan barang-barang lainnya. Ibu-ibu dan beberapa pemuda berebut untuk mendapatkan nasi bungkus yang dibagikan oleh petugas berseragam cokelat yang tadi malam berjaga dan menyuruh kami mengungsi.

Petugas itu menghampiri kami. Bibirnya mengulas senyum. "Ini untukmu, Adek manis," katanya sambil mengulurkan sebungkus nasi yang diikat karet dan satu air kemasan gelas ke arahku.

Aku menerimanya, "terima kasih." Jawabku.

Ia lalu melanjutkan membagikan ke semua yang berada di sini.

"Insyaallah begitu keadaan aman, kalian bisa kembali ke rumah masing-masing. Sekarang kita harus bersabar." Ucap petugas lain yang di seragamnya ditempel banyak lencana.

Aku hanya mengamati. Namun karena perutku sudah meminta jatah makan, akhirnya kubuka nasi bungkusan yang diberikan tadi dan mulai menyantapnya. Tapi karena penasaran, aku akhirnya bertanya pada Mbak yang duduk tak jauh dariku.

"Mbak ... "

"Hm," sahut Mbak singkat, mulutnya sibuk mengunyah nasi.

"Kenapa desa kita namanya Glagaharjo?"

Mbak sibuk mengunyah makannya sebelum menjawab pertanyaanku, "Mbak nggak tahu. Tanya sama Bapak aja."

Ucapan Mbak membuat bibirku mengerucut.

"Glagaharjo konon berasal dari kata glagah dan raharjo. Glagah adalah nama tanaman yang tumbuh di desa Glagah, dan Raharjo artinya aman, tentram dan bahagia." Jawab petugas yang menyebutku adek manis tadi.

06 Februari 2021

PELABUHAN TERAKHIR

Dinginnya angin menerpa wajahku. Membuat bagian belakang jilbab yang kukenakan tak lagi rapi.

Tak jauh dari tempatku berdiri, terlihat beberapa kapal pembawa barang yang menurunkan muatan. Beberapa pekerja bahu-membahu menurunkan muatan kecil hingga sedang. Untuk muatan besar dibawa menggunakan kendaraan khusus.

Lalu lalang calon penumpang menghiasi pemandangan dermaga. Seorang ibu muda yang menggendong putrinya tersenyum begitu melewatiku. Aku balas dengan tersenyum dan mengangguk sopan.

Kapal yang kutunggu sedang menepi. Karena ukuran kapal cukup besar, kapal hanya bisa bersandar di tepi dermaga tengah yang berukuran besar dan berada di kedalaman yang cukup untuk sandaran kapal KM Tristar itu. Banyak orang berlarian menuju dermaga, untuk menyambut keluarga ataupun mencari calon penumpang, karena pekerja travel perjalanan diizinkan untuk masuk sampai ke dermaga.

Aku melangkah pelan menuju dermaga. Kapal sudah menepi. Satu-persatu penumpang turun. Mataku masih mencari sosok itu. Lelaki yang kutunggu.

Lelaki berjaket hitam yang menyandang tas ransel besar itu mendekatiku. Senyum menampilkan deretan giginya. Aku meraih tangannya dengan takzim. Ia menge-cup puncak kepalaku pelan, kemudian menggenggam tanganku untuk melangkah di belakangnya.

Perawakannya yang tinggi membuatku tampak seperti adik kecilnya. Beberapa orang tersenyum ke arah kami.

"Sudah lama nunggunya?"

Aku hanya menggeleng sebagai jawaban.

"Nanti mampir dulu di tempat makan ya, Dik. Mas lapar."

"Boleh. Nanti Mas yang bawa motor ya."

"Iya, Sayang."

Usai makan di salah satu rumah makan dekat pelabuhan, kami melanjutkan perjalanan menuju rumah. Dari pelabuhan Batu Rusa membutuhkan waktu sekitar dua jam untuk sampai ke rumah kami. Aku menawarkan untuk menyetir, namun Mas menolak.

"Mas masih kuat buat nyetir," katanya.

Berada di belakang punggungnya membuatku nyaman. Aku mengeratkan pegangan tanganku memeluknya. Dari pantulan kaca spion aku bisa melihatnya tersenyum.

"Gimana kuliahnya Mas? Lancar?" tanyaku dengan suara kencang, karena derasnya angin membuat suaraku tak bisa didengarnya.

"Alhamdulillah. Berkat doamu juga, Dik. Mas tinggal nunggu jadwal sidang tesis bulan depan."

"Alhamdulillah ... "

Tangan kirinya mengusap-usap tanganku lembut. Sekali lagi ia tersenyum lewat pantulan kaca spion.

***

Kami sampai ke rumah sederhana milik kami. Rumah semi permanen yang luasnya tak lebih dari dua puluh empat meter persegi. Selama empat tahun kami menjalani hidup bersama, rumah ini menjadi saksi perjuangan kami.

"Alhamdulillah ..., tolong buatkan kopi ya Dik."

"Iya, Mas. Aku ke dapur dulu."

Mas membawa tasnya ke kamar. Lalu menuju halaman belakang rumah kami yang menghadap ke kebun sahang dan juga palawija yang aku tanam untuk menyangga kehidupan kami. Ia duduk di salah satu kursi.

Aku menyajikan kopi itu padanya kemudian dan duduk di sampingnya.

"Alhamdulillah kita masih punya kebun Dik."

"Iya, Mas. Alhamdulillah."

"Nanti setelah Mas wisuda, kita program hamil ya Dik ... Mas pengen punya anak."

Aku tersenyum, mengiyakan permintaannya. Ia menyeruput kopinya pelan.

"Mas minta maaf ya Dik, empat tahun nikah, kita masih jauh-jauhan. Insyaallah nanti Mas melamar kerja di sini saja. Supaya kita ndak jauhan lagi," katanya.

"Nggak apa-apa Mas. Kan Mas kuliah. Sayang beasiswanya Mas."

Ia memegang tanganku, "Makasih ya Dik. Kamu udah mau berlayar di kapal kecil milik Mas. Meskipun banyak ombak, tapi kamu masih bisa bertahan."

"Karena aku cinta, Mas."

07 Februari 2021

LIPATAN RINDU

Pradipta Nugroho meraih buku bersampul biru yang berada di belakang rak, tertutup oleh buku-buku lain. Buku yang tiap lembarnya menguning itu terlihat lecek dan berdebu. Tangannya menepuk-nepuk buku itu. Seketika debu beterbangan dari sana.

Lelaki yang biasa disapa Nu itu membawa buku bersampul biru bersamanya. Ia duduk di tepi ranjang. Ditiupnya buku bersampul biru sebelum mulai membuka halaman pertama.

Nu melihat tulisan tangan yang tintanya mulai memudar. Selama ini ia tak pernah membaca isi buku bersampul biru. Baru kali ini ia bisa mengetahui isi buku itu. Nu mulai membaca tulisan di sana.

'Senyap. Tak ada satupun kalimat yang terucap. Bibir kami terkunci. Seperti dalam mimpi. Terasa namun tak nyata.'

'Delapan sentimeter jarak kami saat ini. Aku yang malu-malu memandangi wajahnya. Lelaki bermata sendu yang mengunci hatiku dalam teduhnya.'

Bel istirahat, 02 Maret/2010

Nu melanjutkan lembar berikutnya yang masih kosong. Ia terus membuka lembar demi lembar buku itu sampai menemukan tulisan tangan serupa halaman pertama.

'Sesaat waktuku terjeda. Saat kedua mataku terkunci dalam tatapnya. Sebelum suara teman kami membuyarkan semua.'

Ruang kelas, 4 April/2010

Lelaki berusia dua puluh enam tahun itu mencari-cari tulisan lain di lembaran buku selanjutnya.

'Bila tiba suatu masa. Tatap bertemu rasa. Peluk berbalas rindu. Cukup kamu yang jadi mauku. Ah, aku malu!'

Taman belakang, 7 November/2010

Lelaki itu terus membuka lembaran berikutnya hingga menemukan sebuah halaman yang kertasnya robek tak ber-aturan. Lembaran selanjutnya terdapat lipatan kertas yang membentuk segitiga. Perlahan lelaki itu membukanya.

'Selamat, Nu. Kau akhirnya berhasil menemukan halaman ini. Aku ucapkan selamat. Karena kau telah mengetahui perasaanku.'

'Mungkin kau membacanya ketika sudah memiliki anak satu? Atau bahkan setelah menimang cucu? Hahaha.'

'Kau pasti mengerti alasanku pergi, Nu. Semua karena kau memilih Kiara. Iya, adik kesayanganku itu. Aku doakan semoga kalian berjodoh.'

'Jangan lagi cari aku, Nu. Aku sudah berada di tempat yang indah. Tanpa rasa sakit.'

Ruang kosong, 30 Desember/2010

Nu seketika melempar buku itu ke sembarang arah begitu selesai membaca tulisan tangan dalam kertas lipatan itu. Hari itu adalah saat di mana Rindu ditemukan dalam keadaan lemas di kamarnya. Gadis itu meninggalkan beribu tanya bagi keluarga dan teman-temannya.

Rindu, gadis yang mempunyai mata seindah senyum ibunya. Dan kini ia mengetahui bahwa kepergian Rindu adalah karena dirinya dan pernyataan cinta Kiara padanya.

08 Februari 2021

MOMEN

Jam kuliah sudah usai. Terduduk aku di halte matahari. Menunggu bus untuk kembali. Menikmati secangkir kopi dengan bantal di kaki terbayang di kepala.

Bus datang, melangkah aku masuk ke dalamnya. Penuh. Hanya tersisa satu tempat duduk di ujung sana. Tepat di sampingnya.

"Permisi, boleh saya ..." kalimat tanyaku tak sampai selesai.

"Silakan," jawabnya singkat.

Ku sungging senyum sedikit. Lalu mendaratkan tubuh di satu-satunya tempat kosong dalam bus. Di sampingnya. Aku sumbat telinga dengan headset. Memutar playlist kegemaran.

Sesekali ekor mataku melirik. Ah, ternyata dia cantik. Bulu mata lentik denga hidung mancung. Bros simbol nada G tersemat di bahu. Kerudung hitam sederhana dipakainya.

Kulihat diri, kaos putih dirangkap hoodie, jeans bellel menutup kaki. Tak lupa sneakers putih melengkapi. Sungguh tak sepadan rasanya dengan dia yang anggun nan suci.

"Mas, kok melamun?" Suara lembutnya membuyarkan kenangan. Kesan kali pertama bagaimana aku terpikat padanya.

"Nggak, Sayang. Tadi itu cuma inget, waktu pertama ketemu," kataku.

Tersungging senyumnya, membentuk lesung di kedua pipi. Aruna, belahan jiwaku. Genap satu tahun dia mengiringi langkahku. Tak ada ubahnya aku dengan yang lalu. Kaos putih dirangkap *hoodie,* dengan *sneakers* putih melengkapi.

"Busnya udah datang, Mas," katanya sambil menepuk bahuku.

Kusungging senyum. Kugenggam tangannya, menda-hulukan langkahnya ke dalam bus.

"Duduk di sana aja, Mas." Gerakan dagunya searah dengan pandang mataku. Dua kursi di belakang, kami menuju. Tersenyum aku di sampingnya.

"Kalau sekarang Na sudah boleh pegang tangan Mas," katanya dengan tawa manis, sambil menepuk pelan lenganku.

Empat belas purnama lalu, mengantarkan dirinya padaku. Untuk menyembuhkan luka, melengkapi langkah-ku. Bersama melangkah ke satu tuju; bahagia.

#MY, 28 Oktober '20

Terinspirasi lagu The Reason – Hoobastank

HUJAN KETIGA

Oktober mulai menampakkan akhirnya. Tak terasa sudah hujan ketiga aku berada di tempat ini. Menghabiskan secangkir cappuccino diiringi live musik dari penyanyi kota yang terkenal di instagram.

Jendela berembun. Butir air menghalau jarak pandang-an. Beberapa meja terisi oleh pasangan muda dan lainnya kelompok pemuda berbagi canda dalam meja yang sama, dengan asap nikotin membumbung ke udara.

Sesap demi sesap kuhabiskan cappuccino dalam gelas. Kujaga ritmenya agar otakku tetap waras. Menunggu seseorang yang telah jelas. Berstatus istimewa.

Memori otakku selalu tak sejalan dengan logika. Ketika logika ingin melupa, seenaknya ia hadirkan saat-saat istimewa. Dengannya.

Dedaunan basah diembus angin pergi. Berjarak hingga tak tahu arah kembali. Bergegas kusesap cappuccino hingga tandas. Berlari keluar menyusur sepasang merpati.

"Hei, dompetmu ketinggalan!"

Seseorang berlari menyamakan langkahnya. Di depan-ku ia tepat berdiri. Mengulurkan benda berwarna marun dengan kancing perak di atasnya.

"Makasih."

"Sama-sama. Aku Riko."

Uluran tangan itu membuatku terjeda, sekian detik sebelum jam digital di nakas berbunyi.

MY, 27 Oktober 2020

GOOD NIGHT

Jauh mataku memandang ke angkasa. Malam menjelang dengan taburan gemintang. Ruang tanpa batas yang diciptakan oleh Maha Tak Terbatas.

Secangkir kopi belum kusesap sedikitpun. Sesekali kuembuskan asap nikotin ke udara, membuang gundah berharap lenyap tak bersisa.

Bagaimana kabarmu, pemilik debar di dada? Bahagiakah dengan dirinya? Tak hentinya tanya demi tanya menggema di kepala. Seolah sebagian jiwaku memang untuk mengurungmu dalam jeruji. Memasungmu dalam jalan hidupku yang tak pasti.

Semua selalu sama. Hatiku selayaknya hujan di bulan Desember. Dingin dan sendiri. Ketika seseorang menyebut namamu. Siklus hidupku selalu sama. Terhenti. Seolah duniaku berporos padamu.

Semilir angin semakin buatku menggigil. Membuang sumber nikotin ke tempat sampah, melangkahkan kaki ke sebuah ruangan. Tempat ternyaman. Secangkir kopi yang belum disesap kuletakkan tak jauh dari jangkauan.

Ketiga jariku membuat kejutan di sisi depan wajah, supaya mengalir impuls ke saraf-saraf di otak. Agar sejenak ia melupa. Tentang memori lama yang masih tersimpan di sana.

Aku tak mengerti. Diantara ribuan konstelasi, menga-pa gugus rindu padamu selalu berpendar seperti orion. Seolah semesta tak memihak jika porosku tak lagi padamu.

Apa kabarmu, pemilik rindu? Masihkah kau simpan kenangan itu?

MY, 28 Oktober 2020

MEMENDAM LUKA

Lelaki itu bernama Reno. Keturunan keraton. Lelaki gila yang meninggalkan keluarga demi Laras, gadis biasa yang dicintainya. Reno menikahi Laras tanpa restu keluarga.

Kisah cinta Reno dan Laras layaknya dongeng jadi nyata. Laras bersanding dengan seorang pangeran kerajaan yang tampan. Namun kisah indah itu tak berlangsung lama. Reno berubah. Pahit kenyataan harus diterima Laras. Malam itu, lelaki bertubuh kekar itu pulang dengan nafas berbau alkohol. Entah berapa banyak yang ia habiskan saat itu. Hatinya sangat terluka, mawarputih yang dia petik tak sesuci kiranya. Hanya karena foto Laras bersama lelaki lain, akalnya seolah hilang, terhasut oleh wanita licik itu.

"Bilang! Laki-laki mana saja yang sudah menikmatimu?"

"Maksudmu apa, Mas?"

"Pergi Kau! Aku tak sudi melihat wajahmu lagi!" Hardiknya.

Kalimat itu sungguh menyakiti hatinya. Laras terisak dalam diam. Dengan langkah gontai, ia meninggalkan rumah itu. Suaminya benar-benar berubah.

Laras pergi dengan membawa luka. Sedangkan Reno masih tak menyadari kalimat itu membuat Laras bukan lagi miliknya.

#MY, 30 Oktober 2020

DI SEPANJANG PERJUANGAN

"Aku sedang membaca bukumu, dan aku bangga," ujar perempuan dengan rambut semua putih dari balik mejanya, membuat lelaki yang berdiri di hadapannya tak bisa menahan haru.

Ia masih ingat bagaimana perempuan itu, sang guru terus membakar semangatnya untuk tak menyerah kala mendapati nilai merah pada pelajaran matematika. Selama ini Fero, lelaki itu menahan diri untuk tidak mengunjungi sang guru, karena tak mau membuatnya malu. Tapi sekarang, ia bisa berdiri tegak di hadapan wanita yang telah banyak berjasa dalam hidupnya.

Kenangan itu datang lagi, kala tembok-tembok adalah saksi sejarah bagaimana ia ditempa. Rosi Diana adalah pembuat sejarah pada si kecil Fero yang dianggap bengal, tanpa masa depan.

"Terimakasih, Bu. Semuanya karena kebaikan Ibu."

12 Nov 2020

TERJEDA

Jabatku bersambut. Kupandang ia yang memerlihatkan lekuk di pipi. Mayumi. Nama yang berarti busur, telah tepat memanah hatiku menjadi lantak. Jeda kumenatap jernih bola matanya. Duhai, manis sekali Tuhan menciptakan wajah itu.

Ia menarik jemarinya agar hatiku tak makin tertarik. Kepalanya menunduk, sedang di sampingnya, sepasang mata nyalang mengamatiku.

Mayumi mengamit lengan kekar di sampingnya. Rendra, sahabatku mengepalkan tangannya, rahangnya mengeras, tajam matanya menusukku.

"Bang, hati-hati!"

Kepal tangan lelaki itu mendarat telak di wajahku. Membuat sedikit memar di rahang atas.

"Kau, bukan lagi sahabatku!" tandasnya.

Diseretnya tangan Mayumi menjauh dari pandangku. Sedang aku merapal sumpah dalam hati, bahwa Mayumi akan berada di pelukku nanti.

#MY, 031120

GOOD NIGHT #2

Hujan di bulan November begitu pekat. Rintiknya membuatku menggigil. Tidak ada kehangatan di bulan November. Seperti hatiku yang dingin.

Berperan baik-baik saja ternyata tak mudah. Tidak seperti dalam bayanganku sebelumnya. Pernahkah kalian berusaha tersenyum ketika melihat seseorang yang istimewa di hati, bahagia bersama orang lain. Terlalu rumit perasaanku untuk dijelaskan. Bahkan untuk sekedar memencet tombol suka pada foto mereka di aplikasi pertemanan berwarna biru itu, rasanya sulit.

Playlist di gawai sudah berulang kali kuputar. Tapi belum berhasil mengusir dingin dari hatiku. Tidak banyak yang kulakukan, hanya memasukkan beberapa pakaian ke mesin cuci, tanpa berniat mengeluarkannya.

Di luar sana, hujan masih berirama syahdu. Sesekali berlarian mengejar kilat yang menyambar. Aku memasukkan gawai ke saku celana santai.

"Grey, kamu harus temenin aku tidur malam ini," kataku.

Kucing lembut berwarna abu itu hanya mengeong. Kemudian mendekati kakiku. Aku berjongkok lalu membawanya ke pelukan.

"Kamu pernah mengagumi diam-diam, Grey?" Aku bertanya padanya.

Lagi, Grey hanya mengeong.

"Rasanya sulit, ya?"

Seolah mengerti, kucing itu mendekatkan kepalanya ke arahku.

"Sudah malam. Sebaiknya kamu tidur Grey."

Aku mematikan lampu kamar dan berusaha untuk terpejam. Sesaat kurasakan gawaiku bergetar, menampilkan sebuah pop-up pesan dari aplikasi warna hijau di sana.

"Hai, Dion. Ini Shela, masih ingat?"

MY, 2 November 2020

SEBUAH HARAP DI LANGIT LAYANG

Aku menikmati sang bayu bertiup menerbangkan tiap helai rambutku, membuatnya menjadi tak beraturan. Dari balik kaca spion, kulihat lelaki itu tersenyum. Membuatku cepat-cepat menyembunyikan wajah di balik punggungnya.

Pendar jingga mulai tampak di sisi barat. Lelaki itu menekan tuas rem, menepikan motor di Jembatan Layang menuju Palimanan, Cirebon.

"Mau ngapain, Mas?" Pertanyaanku hanya dibalas senyum tipisnya. Ia mengisyaratkan dengan gerakan dagunya supaya aku turut melangkah ke atas Jembatan Layang.

Aku melangkah dengan hati-hati. Ada perasaan cemas dalam dada karena ini adalah pengalaman pertama.

"Nggak usah takut Neng, kan ada aku," katanya dengan percaya diri. Aku refleks melayangkan cubitan kecil di lengannya.

"Galak banget Ya Allah. Untung sayang." Kalimat itu membuatku mau tak mau melepas tekanan pada bibir atas untuk bisa bekerja sama dengan bibir bawah melakukan gerakan melengkung.

"Coba lihat, Neng! Dari sini langitnya kelihatan bagus 'kan?" Pertanyaannya membuatku mengangguk. Pada rengkuhan lengannya, aku bermanja. Menikmati jingga yang terlukis di angkasa.

Menit berselang, sayup suara azan berkumandang membuat kami kembali menyusuri aspal jalan menuju masjid terdekat.

"Neng tunggu di sini ya, aku sholat dulu!" Katanya sebelum memasuki lantai yang ditandai dengan tulisan 'Batas Suci' dari cat merah. Aku menyaksikan punggungnya menjauh dari tempat orang-orang memarkir kendaraan.

Kami meneruskan perjalanan seusai salat isya ia tunaikan. Jalan pemuda masih ramai ketika kami melintas. Aku mengamati wajahnya dari pantulan kaca spion. Sepasang mata bulan sabit itu melirik, bibirnya tertarik membuatku merona dan menyembunyikan wajah segera.

Pendar berwarna-warni menghiasi penjual makanan dan minuman tempat kami menepi untuk ketiga kalinya. Lelaki itu memimpin langkahku dalam genggamannya. Kami lalu duduk di sebuah bangku panjang dekat dengan jalan keluar-masuk yang sengaja tak dipasang spanduk besar bergambar aneka unggas beserta ikan dan teman-teman mereka.

"Neng, mau pesan apa?" Tanyanya ketika berdiri di depan wanita bertubuh besar yang mengenakan celemek itu.

"Lele aja sama nasi," Jawabku lugas.

"Dua ya Bu, satu lele satunya ayam, pake nasi. Minumnya teh manis. Satu anget satunya dingin. Makan di sini," terangnya lengkap.

"Siap Mas Angga, ditunggu ya!" Sahut wanita bertubuh besar itu. Sontak aku terkekeh melihatnya.

"Kenapa ketawa?"

Aku menutup mulut dengan lengan kanan, "kamu terkenal ya Mas?"

"Nggak juga. Itu karena aku sering makan di sini." Aku hanya membulatkan bibir menyerupai huruf O. Dan aku tertawa ketika ia mulai mengeluarkan deskripsi menu yang berada di etalase dalam lebih dari lima ribu kata.

Biarkan malam ini habis dilumat waktu. Karena ketika ia bersamaku, hidupku sempurna.

***

Langit terlihat meriah malam ini. Pendar kekuningan menemani pekatnya.

Aku merapatkan resleting jaket lalu menyandang sling bag di bahu kanan. Kumasukkan ponsel beserta dompet ke dalamnya.

"Mau ke mana?" Suara ayah tiba-tiba membuatku berjingkat.

"Mau ketemu Mas Angga, Yah," jawabku pelan.

"Mau sampai kapan, Wulan? Kamu tahu dia berbeda dengan kita, 'kan?" Pertanyaan ayah lagi-lagi membuatku tak bisa mengemukakan bantahan.

Aku melangkah ke hadapan ayah, "maafin Wulan, Yah! Tapi Wulan sayang mas Angga. Wulan bakalan pilih yang terbaik untuk semuanya, Yah. Wulan boleh pergi, kan?"

Ayah memalingkan wajah.

"Terserah kamu saja!"

Aku menganggap itu sebagai persetujuan ayah. Maka kulangkahkan kaki ke luar rumah menemui mas Angga di tempat biasa kami bertemu.

Aku berbelok ke arah kanan, ia menunggu di bawah tiang-tiang tinggi, sorot lampu mengarah padanya. Aku tersenyum begitu ia melambaikan tangan.

"Maaf lama ya, Mas!" Ucapku ketika bertemu dengannya di belakang tembok tinggi berkawat duri itu.

"Nggak apa-apa Neng. Ya udah, yuk naik!" Ia mengulurkan tangan ke arahku, membantuku untuk naik ke punggung motor merahnya.

Malam ini aku ingin membenamkan wajah di balik punggung tegapnya. Biar sejenak lupa bagaimana sesaknya jika suatu saat melepas ikatan yang selama ini tersimpul. Membersihkan sudut-sudut hati yang telah dipenuhi kenangan bersamanya.

***

Hari keenam bulan enam. Berat kuseret langkah menuju megah susunan bunga-bunga cantik di sepanjang karpet merah yang digelar. Seulas senyum dan sebaris doa kuucap padanya, yang pernah singgah dalam kanvas putihku, memberi aneka warna dalam lukisan takdirku.

Melihatnya berdiri tegap mengenakan setelan jas berwarna hitam, membuat mataku berdebu. Seseorang telah menggamit lengannya mesra. Ah, bodoh. Gadis itu sempurna. Cantik, baik, shalihah. Sedang aku? Aku tak sepertinya. Meski binar itu tak terlihat di sepasang mata hitamnya, akan tetapi aku bukanlah iblis yang bisa menghasutnya masuk ke dalam lubang gelap.

"Selamat ya, Mas Angga!" dengan berat kutarik bibir menyerupai bulan sabit. Lagi, kutarik bibir melengkung sempurna ketika berdiri di hadapan gadis berjilbab merah muda sebatas perut dengan tudung panjangnya yang berkilau.

"Selamat, ya ....!" ucapku lalu dengan langkah serampangan aku turun dari panggung dengan tinggi lima jengkal itu.

Untuk pertama kalinya, aku merasa kesepian di tengah keramaian. Terasing dengan suasana penuh tawa bahagia.

***

Kutekan tuas rem begitu sampai di Jembatan Layang, menepikan skuter matic merahku dari padatnya aktivitas jalanan sore itu. Masih mengenakan kebaya lengkap dengan polesan di wajah, tak kupedulikan berpasang mata menatap asing ke arahku. Biar saja, aku hanya ingin kembali berdiri di tempat ini.

Sembilan purnama, nyatanya aku masih sama. Tak bisa melepas simpul mati namanya dari hati. Sembilan purnama penuh sia-sia, karena ingatanku semakin kuat memutar film bernama kenangan, bersamanya.

Kalimat ayah kembali terngiang di kepala. Menyumbat aliran darah hingga membuatku limbung. Mataku berdebu, membuat kerongkongan tersekat dan air mulai menggenang hingga terasa asin di bibir. Bersama angin yang menerbangkan helai rambutku, kupeluk diri dengan lembut, mengatakan bahwa semua akan baik-baik saja. Langit mulai menampakkan rona jingga, hingga suara azan sayup terdengar, membuat film bernama kenangan itu kembali terputar.

***

Aku membingkai foto kebersamaan kami, memasukkannya ke dalam kotak karton lalu menyimpannya di atas celah tempatku menaruh pakaian. Ingatanku membenak sepanjang perjalanan yang telah kami lalui bersama. Perlahan kuseret langkah menuju sepasang meja dengan cermin di sudut kamar. Kulepas kebaya berwarna marun dengan rok sempit itu, dengan kasar kuhapus satu persatu aneka warna yang melekat di wajah. Kuhempas lembut kapas ke sembarang arah. Menumpahkan segala serapah pada diri sendiri.

Aku tak ubahnya berlari dalam labirin sesal. Memunguti repih berserak dan mendekapnya sendiri dalam sepi.

'I miss you so bad', berkali-kali pesan itu masuk ke ponselku. Jauh sebelum mereka memaksaku menandatangani takdir di atas kertas, melepas semua rasaku yang semula tersimpul mati padanya.

"Aku tetap sayang kamu, Neng," kalimat itu masih saja terputar di kepala. Serupa musik akustik yang dimainkan sepanjang malam. Ia membuat frekuensi lelapku terganggu, hingga terjaga sepanjang malam dalam kenang. Hanya aku, dengan luka menganga.

#MY, 230421

MAAF DARI YOGI

Allahu Akbar
Allahu Akbar
Allahu Akbar
Laa Ilaaha Illallahu Allahu Akbar

Gema takbir memenuhi hampir seluruh sudut desa di pinggir aliran sungai Cimanuk. Wajah-wajah penuh senyum menyambut hari. Wewangian menguar di udara, baju-baju terbaik dikenakan semua orang.

Lelaki muda itu mengenakan baju koko berwarna biru dengan bordir berwarna keemasan di sisi kiri, memandangi kelompok orang berduyun-duyun menggemakan takbir sepanjang jalan menuju mesjid. Dari balik jendela kayu, ia bisa menyaksikan tawa renyah mereka.

Matanya mendadak berembun, hatinya sesak. Di hari istimewa seperti ini luka hatinya belum kering

***

Dea
+628965573332
Gi, kamu kenapa? Balas pesan aku

Sebaris pesan itu hanya memenuhi kotak masuk di telepon seluler berlogo dua tangan saling menggenggam keluaran lama miliknya. Ia tak berniat membalas pesan itu sama sekali.

Percuma. Itu yang memenuhi pikirannya. Dea tidak mempercayai ceritanya. Hidupnya berubah 180 derajat hanya dalam dua malam. Ia sudah mengabarkan pada Dea, namun tak pernah ada empati gadis itu.

Dua tahun berlalu, Dea masih menanyakan hal sama, membuka luka yang berusaha ia tutupi sekian lama.

'Aku tidak apa-apa. Maaf aku tidak bisa datang ke acaramu atau teman-teman. Salam untuk mereka' ia hanya mengetik pesan itu lalu menekan tombol kirim.

***

Lebih dari tiga puluh purnama dilalui Yogi hanya dengan benda pipih kesayangannya. Tanpa Ibu, mungkin Yogi sudah berada di balik dinginnya kamar dengan pintu besi. Tanpa ibu, mungkin saja ia tak lagi dapat duduk di kursi roda dan menyaksikan wajah ceria keponakan-keponakannya hari itu.

Yogi mengelus Grey yang berada di pangkuannya. Kucing berwarna abu dengan rambut-rambut halusnya hanya mengeong menanggapi keluh yang keluar dari bibir Yogi.

Seandainya, kata seandainya selalu menjadi sesal yang mencipta sesak di dada Yogi. Ingatan Yogi membenak tentang kejadian dua tahun lalu, di malam terakhir ia merasakan menantang pekat malam dengan kuda besi kesayangan.

***

Malam itu bulan tak dapat memantulkan pendar baskara dengan sempurna. Sinarnya tertelan pekatnya langit.

Deru mesin kendaraan roda dua memecah jalanan diantara rimbun pepohonan. Jalanan basah selepas hujan, membuat siapa pun harus meningkatkan kewaspadaan saat melewati aspal licin. Belum lagi jalur itu berada jauh dari pemukiman. Di sisi kiri, lembah curam menanti, sedang di sisi kanan bebatuan terjal menantang. Sorot lampu kendaraan Yogi satu-satunya sumber penerangan, karena sumber penerangan jalan berjarak sekitar seratus meter.

Lelaki berjaket hitam itu mengenakan helm fullface. Kondisi aspal selepas hujan membuatnya harus menekan tuas rem dan berjalan perlahan menembus jalur pintas untuk menuju loka kelahirannya, desa kecil di pinggiran sungai Cimanuk.

Yogi menekan tuas rem lebih dalam ketika berbelok menuju persimpangan jalur pintas yang menembus desa di kecamatan Bangodua. Tanpa disadari kendaraan roda empat jenis truk peti kemas melaju dengan kecepatan tinggi dari arah berlawanan.

Brak!

Benturan dua kendaraan tak dapat terelakkan. Yogi membanting setang ke arah kanan, membentur pembatas jalan. Truk peti kemas kehilangan keseimbangan, tergulung aspal jalan.

Tiinn ....!

Bunyi klakson kendaraan roda empat memecah hening, memancing warga yang berlalu untuk berhenti dan berkerumun, seolah kejadian itu layak menjadi tontonan.

"Tolong ...!" Yogi melambai-lambaikan tangannya ke arah warga yang berkerumun.

Seorang wanita melangkah ke arahnya.

"Astaghfirullah! Ya Allah! Pak, tolong Pak! Di sini Pak! Panggil ambulans!" Wanita itu berteriak. Beberapa orang datang.

Pandangan Yogi berkunang-kunang. Perlahan semuanya gelap, bersamaan dengan matanya yang menutup sempurna.

***

Yogi terbangun. Matanya berkedip untuk menyesuaikan cahaya yang masuk ke retinanya. Pandangannya memindai sekeliling. Ruangan asing, namun ia bisa mengenalinya. Tiang infus, tirai penutup, ranjang perawatan dengan pegangan besi di sisi kiri-kanannya.

Yogi mencoba untuk menegakkan tubuh, tetapi tubuhnya sama sekali memberikan respon. Ia mencoba sekali lagi.

"Aargh!" Teriakan itu keluar dari bibirnya. Tangannya menggenggam selimut dengan kuat.

"Alhamdulillah ... Kamu sudah bangun, Nak?" Ibunya datang bersama perawat.

"Bu, kok rasanya badanku nggak bisa bergerak?" Lelaki itu memberi tatapan tanya pada ibunya.

Ibunya memberikan map berwarna cokelat. Kalimat Instalasi Radiologi tercetak di luar map dengan huruf kapital. Yogi membuka dan melihat dua lembar film hasil proyeksi CT scan.

"Itu adalah hasil proyeksi CT scan tulang tibia milikmu. Karena kondisi frakturnya sangat parah, tim dokter memutuskan untuk memotong sisi kiri tungkai bawahmu supaya infeksi tidak menyebar." Terang perawat itu."Kamu harus kuat Nak," hibur ibunya, sama sekali tak membuat Yogi terhibur.

Dadanya terasa sesak. Bagai film yang diputar ulang, ingatan tentang peristiwa nahas itu terbenak di pikirannya. Bahunya naik turun menahan gemuruh yang tumpah melalui sudut matanya.

Yogi menjalani perawatan selama dua pekan. Tak lama berselang, seorang polisi lalu lintas datang memberikan surat bukti pelanggaran. Ia dituduh lalai hingga menyebabkan seseorang meregang nyawa.

Sekali lagi, Yogi berpikir untuk pergi dari dunia ini, meninggalkan semua yang bukan kesalahannya. Namun takdir masih belum menginginkan ia pergi begitu saja.

***

Yogi menatap wajah-wajah itu. Berbagai rasa berkecamuk di dadanya.

"Maaf, Gi. Selama ini kita nggak tau ternyata kamu beneran sakit. Aku kira cuma ngeprank," ucap Dea penuh penyesalan.

Dea dan Rigo, teman di kampusnya bertandang ke rumah hari itu. Yogi tetap mempersilakan keduanya menjejak kaki dan duduk di hadapannya hari itu.

"Kamu tau nggak? Hal-hal semacam itu nggak pantas untuk jadi bahan tertawaan." Tandas Yogi. Ia mengepalkan tangan, sorot matanya seperti elang memburu mangsa.

"Maafin kita, Gi! Kita nggak datang lebih awal untuk nyari tahu keadaan Lo, kita emang bukan temen yang baik," Rigo berusaha menengahi.

"Harusnya kalian nggak pernah muncul di sini!" Yogi bersiap untuk memutar kursi rodanya, tetapi tatapan ibunya yang sudah berdiri tepat di belakang membuatnya terdiam.

"Maafin Yogi, dia hanya masih kecewa dengan kalian. Ya, kalian tahu, selama dua tahun ini adalah hari-hari yang berat untuk Yogi. Tidak ada satu orang pun yang menanyakan kabarnya, tidak ada juga yang mendoakan kesembuhannya. Wajar kalau dia masih marah," terang wanita paruh baya itu.

"Kami juga minta maaf, Bu. Kami salah. Kami jahat selama ini." Dea menangkupkan tangan berkali-kali.

"Sudah. Ini hari raya, tidak baik menyimpan dendam." Kalimat ibunya membuat Yogi tercenung.

"Maaf. Aku nggak seharusnya marah ke kalian. Maaf."

Rigo mendekat, merangkul pundak Yogi. Sedangkan Dea berkali-kali menyeka sudut matanya menggunakan tisu. Hari itu, semua beban di dada Yogi lesap.

Sekali lagi, takbir menggema di seluruh sudut-sudut desa. Tawa mulai terlihat di bibir Yogi hari, mulai hari itu.

Tiada yang bisa memadamkan api kecuali air. Tiada daya dan upaya melainkan karena kehendak Allah Swt, Maha Meliputi Segala yang ada di dunia.

#MY, April 2021

BUKAN LAGI SEPASANG SEPATU

"Aku pamit, ya!" katanya sambil melambaikan sebelah tangan, usai meninggalkan kecupan hangat di keningku. Sebelah tangannya menahan tas ransel di punggung.

Aku membalas dengan gerakan sama sembari mengukir senyum. Kulihat punggung tegapnya menjauh. Kali ini kepergianmu untuk kembali menyelami lautan Kalimantan.

Seragam loreng dengan topi hitam terlihat manis di kepalanya. Ia terlihat semakin gagah dengan pakaian itu. Lelaki terbaik yang dipilihkan Allah untuk mendampingiku.

'Semoga Allah melindungimu, Mas,' pintaku dalam hati.

***

Kulipat baju pesanan pelanggan, memasukkannya ke dalam kantong plastik transparan. Kuraih paperbag berwarna biru dengan pita cantik di bagian tutupnya. Baju pelanggan sudah terkemas cantik.

Kring ...

Kuraih ponsel di sisi meja. Nama Mas Irwan tertera di layar.

"Assalamu'alaikum ... " terdengar suara bass-nya di seberang telepon.

"Wa'alaikumsalam, Mas, lagi apa?"

"Sebentar lagi kami mulai menyelam Sayang, doain ya!"

"Iya, Mas, Insyaallah."

"Aku kabari lagi nanti ya, Sayang. Assalamu'alaikum."

"Wa'alaikumsalam warahmatullah."

Ia menutup sambungan telepon. Aku membayangkan senyumnya sekali lagi, sebelum kuantarkan baju pesanan pelanggan bersama laju setang motor Honda Supra Fit 125.

Jalan Gatot Subroto sore hari dipenuhi berbagai kendaraan. Antrean kendaraan terlihat layaknya semut berbaris. Begitu lampu lalu lintas berwarna hijau, cepat-cepat kumasukkan gigi bersamaan tuas gas hingga tubuhku terasa bergerak dengan sendirinya.

Aku menyadari sekian detik setelahnya. Saat banyak orang berkerumun di dekatku. Mereka saling pandang, melempar pertanyaan kemudian berteriak minta tolong.

Aku masih tak merasakan apa pun. Gelap, kewarasanku lesap.

***

Aku berkedip berkali-kali saat cahaya terang mengenai retina mata. Di samping kananku, mama May–mertuaku–duduk di kursi plastik berwarna biru. Mushaf berwarna merah muda di genggamnya. Lirih lantunan ayat suci dari bibir wanita terbaik kedua setelah ibuku. Aku menunggu.

"Alhamdulillah. Kamu sudah bangun, Za?" pertanyaan mama May kujawab dengan anggukan kepala.

"Ma, Za kenapa? Rasanya sakit, nggak bisa bangun," lirihku.

"Sabar, Za. Ini ujian dari Allah. Mama minta kamu sabar, ya,"

Perasaan tak nyaman memenuhi hatiku. Berbagai pikiran buruk seketika datang.

"Mas Irwan ...," belum sempat aku meneruskan kalimat, Mama May memotong.

"Nggak Za, insyaallah Irwan baik-baik aja,"

Mama May menegakkan tempat tidurku hingga aku bisa melihat kedua kakiku dibalut kain elastis berwarna krem.

"Mama minta kamu sabar, Za ...."

***

'Sayang, Insyaallah Mas pulang besok malam,' pesan itu hanya kubaca, tanpa balas.

Delapan bulan berlalu, rindu ini begitu gebu. Namun, aku bukan lagi sepasang sepatu yang akan menemani langkahnya. Kini aku hanya merpati dengan sayap patah. Apa pun itu, aku akan menerima takdirnya padaku.

Malam kesebelas bulan sembilan. Sepasang langkah tegap berdiri di balik pintu. Aku tak bisa menahannya lagi.

"Aku pulang, Sayang," ucapnya dari balik pintu.

Kubuka pintu perlahan. Wajah dengan sepasang mata bak telaga yang membuatku terjatuh ke dalamnya. Bahkan malam tak mampu menghalangi karismanya.

"Mas pulang, Sayang," katanya lembut.

Aku mengalihkan pandangan, lalu memutar kursi roda ke arah kamar.

"Kamu nggak mau nyambut Mas pulang?" suara beratnya membuatku berhenti memutar roda.

Ketukan sepatunya di lantai membuatku ingin memburunya dengan pelukan.

"Maafin Mas, nggak bisa jaga Kamu, Sayang," ia membuat posisi tubuhnya sejajar denganku.

Sial! Mataku tak bisa lebih lama menahan luapan sungai yang menganak di pipi.

"Jangan nangis, Mas minta maaf, ya ...!" ibu jarinya sibuk menyeka sudut-sudut mataku.

Dibukanya resleting tas ransel yang selalu membebani punggungnya ketika bertugas. Sebuah kotak berisi sepasang sepatu berwarna putih. Ia meraih kakiku dengan susah payah. Memasangkan sepasang sepatu pada keduanya.

Secarik kertas berwarna kuning ia berikan padaku, berhasil membuat hidung memerah dan bahuku naik-turun menahan sesak.

'Selamat ulang tahun, Sayang. I love you,'

#MY, 280421

MENGGANTANG ASA DI BUKIT PERAMUN

Tanganku mendorong pintu kayu bercat biru. Perlahan, bunyi berderit terdengar. Dinding rumah terbuat dari kayu dengan warna cat mulai memudar. Rumah ini peninggalan orang tua mas Danu, letaknya dekat bukit Peramun.

Aku menjinjing tas dengan sebelah tangan, sedang yang lainnya menggenggam tangan kecil itu. Perlahan kami melangkah masuk.

Pandanganku mengamati sekeliling. Cahaya matahari menembus dari celah atap berlubang. Sebuah kursi plastik menjadi pendamping meja kayu. Ada sebuah ceret dari tanah liat di atasnya. Bagaimanapun, inilah keadaan yang harus disyukuri.

"Ma ..., ini di mana? Disa takut Ma," kalimat dari gadis kecil di sampingku membuat pijakan kakiku limbung. Tangan kecilnya bergerak memeluk pinggangku.

Kulepas genggaman tangan darinya, membiarkan tas yang kujinjing menyentuh lantai. Aku menyamakan tinggi badan putriku, gadis kecil bermata bulat yang belum mengerti terjalnya perjalanan hidup yang harus kami lalui. Kubelai rambut hitam putriku.

"Disa, sekarang kita akan tinggal di sini, Sayang. Disa nggak keberatan, kan?"

"Memangnya Papa nggak ikut kita, Ma?" ia kembali bertanya.

"Papa 'kan lagi kerja, cari uang buat keperluan kita. Papa pulangnya masih lama, Sayang. Jadi, selagi nunggu papa pulang, kita tinggal di sini dulu. Disa nggak keberatan, 'kan?" kutarik bibir membentuk lengkung bulan sabit. Gadis kecil di depanku mengangguk.

"Makasih ya, Sayang ...!" ucapku.

Melihat binar mata gadis kecil di hadapanku membuat api dalam diriku menyala. Kurengkuh tubuh kecil gadisku sesaat sebelum menuntun langkah kecilnya ke ruangan dengan sekat papan tripleks, bilik yang akan menjadi kamar kami.

"Disa main boneka dulu, ya. Mama mau beres-beres," ucapanku dibalas anggukan putri kecilku.

Kusibak tirai berdebu yang menutupi jendela kayu. Debu beterbangan, cahaya matahari menembus celah-celah ventilasi.

'Mama janji akan berusaha lebih keras lagi, Disa. Mama janji,' ucapku dalam hati.

***

Langit tampak sepi, bulan malu-malu untuk menampakkan cahayanya. Lampu-lampu jalan mulai memancarkan pendar kekuningan.

Mas Danu pulang dengan membawa raut wajah tak ramah, seolah jiwanya telah tertukar entah di mana. Sama sekali tak seperti lelaki yang mengikrarkan diri menjadi suamiku tujuh tahun lalu. Ia melepas sepatu penuh tanah dan meninggalkan tas jinjing yang biasa dibawanya setiap bekerja di dekat pintu.

Rasa penasaranku tak menemui jawaban, karena begitu kusuguhkan kopi hitam dengan asap mengepul, ia justru menggebrak meja, membuat gelas dengan kopi panas yang kusuguhkan meluncur bebas ke lantai. Hancur. Dengan tangan bergetar kupungut serpihan gelas kaca yang berserak.

"Kalau ada masalah, cerita sama aku, Mas. Disa baru tidur, aku takut dia bangun," lirihku.

Bukannya jawaban yang kudengar, ia justru kembali menggebrak meja berkali-kali. Aku bergegas menjauh begitu mendengar makian serapah keluar dari bibirnya. Sungguh, bukan mas Danu yang kukenal. Aku tak mengerti, hanya bergegas mengunci pintu kamar, membenamkan wajah dalam bantal dan menumpahkan segala sesak di dada.

***

"Mas mau kerja ke luar negeri. Kamu bawa Disa ke kampung!" titahnya suatu pagi setelah aku mengantar putri kami ke taman kanak-kanak.

Tanganku terulur untuk menggenggam tangannya, "kamu bisa cerita sama aku Mas, ada masalah apa?"

"Aku difitnah di kantor, Dek. Aku nggak bisa jelasin sekarang, yang jelas kita butuh uang banyak buat melunasi utang. Kamu juga boleh ajukan cerai. Terserah kamu, aku nggak akan ngelarang Kamu," kalimat itu meluncur begitu saja dari bibir mas Danu.

"Nggak Mas, aku nggak mau cerai. Tapi tolong cerita ke aku ada masalah apa?" pintaku.

Cerita mengalir dari bibirnya. Tentang seseorang yang berniat jahat pada kami. Rekan kerjanya memalsukan tanda tangan mas Danu untuk mencairkan pinjaman dana kantor untuk keperluan pribadi. Mas Danu tak mengerti apa pun, hingga akhirnya kantor meminta ganti rugi pada mas Danu karena utang karyawan begitu banyak.

Aku merengkuh wajahnya, mencari kebohongan lewat sorot matanya yang sama sekali tak menyembunyikan apa pun. Ia membawaku dalam dekap.

"Maaf, Mas bukan suami yang baik. Maaf, Dek. Maaf!" ucapnya.

Kalimat itu membuat pertahananku runtuh. Air mataku luruh.

Tuhan tak pernah salah, tak pernah menguji di luar batas kemampuan seorang hamba. Aku hanya harus tetap kembali bangkit ketika terjatuh. Dan masih ada harap untuk hidup lebih baik selama aku masih bernyawa.

#MY, 070621

DUA MENIT SAJA

Lelaki itu bergeming. Satu tangannya berada di balik punggung, menggenggam bunga krisan dirangkai cantik de-ngan hiasan pita merah. Matanya menatap sendu pada sepa-sang yang saling menggenggam. Sebelum memutar langkah, pandangan matanya bertemu dengan perempuan itu.

"Tunggu, Di!" teriak perempuan itu.

Ia mendekat dalam beberapa langkah, bertanya apa yang dilakukannya di sana. Lelaki itu hanya menjawab dengan senyum, kemudian menampakkan punggungnya dengan langkah lemah, membuat perasaan perempuan serba salah.

Lain waktu lelaki itu kembali berdiri di depan pagar rumah perempuan, membawa seikat bunga mawar merah dirangkai pita dengan warna serasi. Lagi, perempuan itu bertanya apa yang dilakukannya.

Lelaki itu hanya menyerahkan bunga yang dibawanya, "aku cuma mau bilang kalau aku suka kamu, Bri."

Kalimat itu diucapkan lelaki sebelum memutar langkah kembali.

"Maaf, Di. Aku cuma nganggap kamu sahabat," ucap perempuan itu terdengar samar.

Hari itu, tepat dua menit mereka terlibat percakapan langsung, sebelum lelaki itu kembali melangkah dengan kepastian hubungan yang hanya angan.

#MY/lagi ambyar, 110621

TANPA NAMA

Perempuan dengan kaus oblong dipadu ripped jeans itu menyandarkan punggungnya di bangku kayu yang catnya mulai memudar. Napasnya terengah. Ia memutar botol air mineral yang dibawanya, memindahkan isinya ke tenggorokan hingga tak ada lagi air yang menetes. Selagi tangannya memutar tutup botol ke kanan, sudut matanya menangkap bayangan perempuan yang sedari tadi tampak tak terganggu dengan kehadirannya.

"Maaf ya, Mbak. Saya-tadi ... dikejar anjing," ia menarik napas sejenak, "sampe lari-lari," tutupnya.

Perempuan itu mengangguk. Tak menoleh.

"Mbak nungguin siapa di sini? Pacar, ya?" perempuan itu menebak, sedangkan jawaban perempuan di sebelahnya hanya menggeleng.

"Oh, nungguin ngantuk ya, Mbak? Nggak bisa tidur, ya?" perempuan berkaus oblong sibuk menerka-nerka.

Perempuan di sebelahnya hanya menganggukkan kepala sebagai jawaban. Perempuan berkaus oblong menggeser duduknya dua jengkal.

"Kalau gitu, kita kenalan dulu Mbak, siapa tahu bisa jadi temen," usulnya.

Perempuan berkaus oblong mengulurkan tangan. Perempuan di sebelahnya mengangguk, menjabat tangan perempuan berkaus oblong dengan jari-jarinya yang hanya terbungkus kulit tanpa lemak.

"Nama saya ... " perempuan berkaus oblong melihat lawan bicaranya, mengambil langkah mundur lalu berbalik arah dengan langkah supercepat.

"Setaaan ....!"

03 Juli 2021

KETIKA PEMBALAP BANTING SETIR

Sepasang kaki jenjang melangkah dengan tegap. Senampan hidangan yang cocok disantap saat makan siang diletakkannya di atas meja kaca berbentuk persegi panjang. Tiga perempuan berpakaian formal dengan makeup mini-malis mengamati hidangan itu.

"Apa ini?" tanya perempuan pertama sembari mengam-bil bagian kecil dari hidangan untuk dicicipi.

"Javaneese mushroom with pinapple and olive oil dimasak dengan kecepatan kurang dari 100 kilometer per jam," jawab lelaki itu dengan membusungkan dada.

"Ide kamu bagus, tapi sayangnya seasoningnya kurang," tambah perempuan kedua setelah meletakkan piring bekas makannya ke bawah meja.

Lelaki itu menganggguk-angguk.

"Makasih, Chef. Saya akan berusaha menambahkannya di lap berikutnya," sahutnya.

"Lantas, dengan hidangan ini, kamu yakin akan lolos ke babak selanjutnya?" Tanya perempuan ketiga.

Tatapan lelaki itu beralih ke bawah kakinya. Ia kembali mengingat alasan untuk mengikuti kompetisi memasak.

"Ya. Saya yakin. Karena saya sudah memperhitungkan dengan matang, menggunakan ban high dan medium untuk bisa memenangkan kompetisi ini," terangnya sepanjang sungai terpanjang di Jawa Barat.

"Kenapa dari tadi jawaban kamu nggak jelas begitu? Kamu mau masak atau ngapain?" perempuan pertama bertanya dengan suara lebih keras.

"Saya mau masak, Chef. Tapi, maaf. Karena sekarang acaranya live, mama saya bisa pingsan kalau melihat saya ikut kompetisi ini dan mundur dari lintasan balap. Karena itu saya menjawab sesuai keadaan di lintasan balap, Chef," jawabnya.

Lelaki itu menatap kamera dengan lampu berwarna merah. Ia melambaikan tangan.

"Ma, Didi mau minta maaf. Doakan juga supaya Didi bisa overtake kawan-kawan di sini, Ma. I love you, Ma."

Tak lama berselang, kanal kompetisi memasak tersebut terjeda, berganti dengan kilas berita: Seorang Ibu Rumah Tangga Pingsan setelah Menyaksikan Putranya Memasak.

#MY, 180721

(BUKAN) SATU-SATUNYA

Sepagi ini rinduku telah menggebu. Padahal semalam kita terlelap dengan ponsel di dekat telinga masing-masing, sampai operator bosan dan memutus sambungan.

Sesaat aku tersenyum kala teringat ucapanmu di telepon.

"Tunggu aku, Bi. Besok aku akan menemuimu," katamu membuatku menahan suara agar tak bersorak detik itu juga.

Tahukah kau, Di?

Aku bahagia. Aku sanggup melewati ribuan kilometer jarak untuk bisa bersua denganmu. Sebab kau satu-satunya nama di hatiku.

"Hanya kau, tidak ada yang lain," katamu lewat telepon di lain waktu.

Aku tahu itu hanya caramu membuatku bahagia, meski belakangan kutahu kau berbohong.

Kau membuatku lupa jika makhluk bernama laki-laki tak cuma satu di dunia ini. Kau membuatku lupa lelahnya menunggu tiga puluh purnama hanya untuk sebuah temu sesaat.

Cinta kadang sebodoh itu, Di.

#MY, 240921

TERMINAL

Aku menyaksikan beberapa orang berlalu dari tempatku duduk. Sudah lebih dari lima belas menit aku menunggu di kursi halaman rumah petak ini. Namun, seseorang yang kutunggu masih belum tampak batang hidungnya.

Bagaimana jika aku tidak berhasil? Bagaimana jika dia tidak mau kembali? Kekhawatiran mulai masuk dalam benakku.

Tak berselang lama kemudian, aku mendengar suara langkah. Pandangan mataku seketika tertuju pada laki-laki berjaket di bawah sorot lampu itu, tak jauh dari tempatku duduk.

"Abang ...." pelan, aku memanggilnya.

Lelaki itu menatap ke arahku sesaat, sebelum memutar langkah.

"Abang, tunggu!" seruku.

Aku segera berlari untuk memotong langkahnya.

"Abang nggak akan pulang, kalau tujuan Kamu ke sini untuk itu." Suaranya terdengar parau.

Ia meneruskan langkahnya, menghiraukan aku begitu saja.

"Zahra nggak akan kembali, Bang!" Suaraku meninggi.

Langkahnya terhenti. Aku menyamakan langkah segera dan berdiri di depannya. "Sejauh apa pun Abang menghindar, takdir nggak akan berubah."

Aku menatap wajah di balik tudung jaket itu. Namun, ia sengaja menghindari tatapan mataku.

"Pulanglah Dek, abang masih belum bisa memenuhi keinginanmu." Kalimatnya membuatku sesak. Tanpa berpikir panjang, kuberanikan diri untuk mendekapnya. Kusembunyikan wajahku di dadanya hingga kurasakan usapan lembut di kepalaku.

"Pulanglah, Abang nggak punya hak untuk menahanmu di sini."

Air mataku seketika menetes, membasahi kaus di balik jaketnya. Tangannya dengan lembut menyentuh wajahku, mengusap air mata di pipi.

"Jangan nangis buat orang yang udah nggak punya niat hidup, Dek. Selama ini Abang cuma bernapas, bukan benar-benar hidup."

"Aku masih istrimu, Bang." Kalimat itu membuatnya tertunduk.

"Ya. Dan aku suamimu, yang sama sekali nggak punya nyali untuk berjuang. Aku sudah benar-benar kalah." Ia kembali meneruskan langkah, meninggalkan aku dengan sayap patah.

***

"Pelan-pelan, Dek!" Ia meringis ketika kubersihkan darah di rahang atasnya menggunakan kapas ditetesi alkohol.

Di seberang kami, laki-laki yang menyebabkan luka di wajah suamiku sedang menatap tajam.

"Hah! Untung saja Aku ikut kemari. Sebagai abangmu, Aku malu. Harusnya Kau yang mati bukan Zahra! Kalau Kau mati setidaknya Zahra masih punya aku sebagai pamannya!" Kalimat laki-laki itu menampar keras ego suamiku. Ia mendadak tertunduk, tak lama kemudian kulihat bahunya naik turun. Ia terisak, membuatku turut merasakan sesak.

Aku mengusap lengannya. Selama ini dia lebih terluka dariku.

"Maafkan Abang, Dek. Abang memang pengecut. Terlalu takut menghadapi kenyataan." Ia menarik sebelah tanganku, menciumnya dengan lembut.

"Sudah, sudah. Nggak usah drama di depan mataku. Cepat berkemas, kita pulang. Bus sudah menunggu di terminal," tukas lelaki berwajah mirip suamiku itu.

Aku membantu suamiku berkemas. Lelaki itu mendahului langkah kami menuju terminal yang letaknya tak jauh dari rumah petak ini.

"Dek, makasih, ya! Kamu masih mau berjuang sama Abang," katanya.

Aku mengangguk. Ia membawaku dalam pelukan sesaat.

"Zahra sedang menunggu kepulangan kita di pintu surga, Bang. Insyaallah," ucapku sebelum menyambut genggaman tangannya.

Ia tersenyum, membuat semua beban dan ketakutanku lesap. Kami melangkah menuju terminal, meninggalkan rumah petak tempat suamiku tinggal dalam perasaan bersalah selama ini.

#MY, 280921

PENJAGA PERPUSTAKAAN

Perempuan berkacamata itu meletakkan tas selempangnya di sisi kiri kursi kayu. Dia mulai membuka laci, lalu mulai menulis di atas buku berukuran folio bergaris. Dia melihat jam yang melingkar di tangan kirinya. Pukul sembilan, masih satu jam lima belas menit sebelum waktu siswa dan siswi mulai berkunjung ke tempatnya bekerja.

Perempuan itu mengeluarkan cermin kecil dari tasnya, merapikan ujung jilbabnya yang miring menggunakan jari. Dia mengembuskan napas pelan sebelum beranjak dari kursinya dan mulai merapikan buku yang disusun pada rak. Beberapa buku yang sampulnya sudah robek dan halamannya terlepas juga diambilnya dari rak. Dia menyapu kemoceng di sisi-sisi rak kayu, beralih dari rak satu ke rak lainnya untuk kembali memastikan buku-buku yang tersedia di rak dalam keadaan bersih. Saat akan memasukkan kunci ke lubangnya untuk membuka pintu ruang khusus yang hanya bisa dimasuki oleh staff, perempuan itu melihat laki-laki berperawakan seusia siswa-siswi yang datang berkunjung ketika istirahat tiba.

"Bang, kok nggak masuk kelas?" Pertanyaan perempuan itu tersapu semilir angin. Laki-laki berjaket hitam dengan tudung kepala itu tak menyahut, justru menatapnya dengan pandangan kosong. Perempuan itu mengedikkan bahu, lalu masuk ke ruangan khusus yang hanya bisa dimasuki oleh staff. Dia tak ingin pekerjaannya tertunda hanya karena terlalu memedulikan seorang siswa.

Dia bekerja seperti biasa, menulis catatan buku dipinjam dan buku yang selesai dibaca hingga bunyi nada sayonara yang diputar melalui pengeras suara membuat perempuan berjilbab itu melepas kacamata, memasukkan ke dalam kotak di tas selempang miliknya. Dia menggerakkan tangannya ke atas, melemaskan otot-otot di leher dan bahunya.

"Akhirnya selesai juga ...." Perempuan itu memasang cardigan berwarna abu yang memudar untuk menghalangi paparan sinar matahari ke kulitnya.

"Lho, kok belum pulang?" Dia melangkah ke arah siswa berjaket hitam yang tak berpindah dari posisi sebelumnya. Dia berdeham dengan suara dibuat-buat.

"Bang, belum pulang? Sekolah udah sepi lho. Masak bolos seharian?" Pertanyaan perempuan itu hanya membuat lelaki berperawakan layaknya siswa itu mengangguk. Sama sekali tak menoleh.

Perempuan itu hanya mengedikkan bahu sekali lagi, kembali ke kursi kerjanya untuk mengambil tas selempang. Seketika dia tertegun, lalu dengan cepat meninggalkan ruangan.

Keesokan harinya, perempuan berjilbab merah muda itu memutar handel pintu, melangkah masuk ke ruangan tempatnya bekerja. Dia mengerjap beberapa kali ketika seseorang telah duduk di tempat sama, dengan baju yang sama.

Perempuan itu meletakkan tasnya, dia menyentuh bahu lelaki sebaya siswa yang sering berkunjung ke tempatnya bekerja itu. "Bang, kok udah ada di sini? Masuk dari mana? Pintunya 'kan masih dikunci tadi."

Lelaki itu menoleh, tatapannya kosong. Tak lama terdengar derap kaki dan teriakan dari luar ruangan. Perempuan itu bergegas untuk turut melihat keadaan di luar ruangan.

"Sebentar, sebentar! Ada apa ini?" Dia bertanya pada seorang siswa yang berlari.

"Hah hah. Ada tulang manusia di kebun belakang, Bu. Masih utuh pakai seragam, jaket hitam," kata siswa itu sambil mengatur napas.

Perempuan berjilbab merah muda tertegun. Tak lama pandangannya kabur. Gelap.

Ditulis #MY, 050122

DENGUNG

Hadapilah ini
Kisah kita tak 'kan abadi

S'lamat tinggal kekasih gelapku
S'moga cepat kau lupakan aku
Kekasih sejatimu tak 'kan pernah sanggup untuk meninggalkanmu

Suara merdu Duta terdengar di telingaku. Aku mengusap bekas air mata dengan kasar. Tanganku mengemasi tisu-tisu dengan bercak kemerahan yang berserakan di atas meja ke dalam kantung plastik kecil.

Dari tempatku, aku menatap wajah di cermin yang tergantung di dinding. Ah, hidung dan mataku memerah. Kuayunkan langkah menuju kamar mandi untuk membersihkan diri, sekaligus membuang sampah ke dalam lubang tungku yang baranya masih tersisa.

***

"Hahaha Lia budeg! Dipanggil di jalan nggak pernah nyahut, malah celingukan kayak anak ayam nyari induknya! Hahaha ...." Bocah lelaki pemilik suara itu kembali menjadikan aku bulan-bulanan. Suara tawa kembali menggema di seluruh sudut ruang kelas. Beberapa siswi kulihat ikut tertawa. Hanya teman yang duduk di bangku samping mengusap lenganku, menghibur dan mengatakan jika itu hanya gurauan. Tak semestinya ditanggapi.

Aku menganggguk, setuju dengan ucapan Mira, teman satu mejaku. Batas sabarku masih penuh hari ini.

"Aku nggak marah. Bahadur benar," keluhku pilu.

Bel pulang sekolah berbunyi. Semua orang di kelas berebut untuk ke luar kelas. Hanya aku yang masih sibuk mengemasi peralatan menulis. Ketika suara langkah kaki mereka terdengar semakin jauh, baru aku melangkah ke luar kelas.

Aku dengan santai melewati kelas demi kelas, hingga di pos keamanan, beberapa siswa pengganggu kulihat sedang memantik api.

"Apa lihat-lihat? Mau kubuat buta matamu, hah?" Aku tak menanggapi, seolah aku tak mendengarnya. Ya, aku mendengar meski samar.

"Eh Bahadur! Omongan tuh dijaga!" Suara berat seseorang membuatku berhenti sejenak, mencari tahu pemilik suara itu. Irfan.

"Nggak usah ikut campur, banci! Ketua kelas kok lemer! Hahahaha ..." Tawa Bahadur terdengar memekakkan telinga.

Kulihat Irfan hanya menggelengkan kepalanya. Dia mengajakku segera berlalu.

"Thanks ya, Pan," kataku.

Aku lebih senang memanggilnya Ipan. Terdengar lucu dan sesuai dengannya.

"Nggak apa-apa kok. Mereka emang harus dikasih pelajaran sesekali. Aku udah rekam di walkman tadi suara si Bahadur. Mau aku laporin ke guru BK." Kalimat Irfan membuatku tersenyum.

"Eh, Kamu beneran orang Beduyut?" Dia bertanya seolah itu adalah sebuah hal langka. Wajahnya yang bulat dengan kulit kemerahan membuatku ingin mencubit pipinya.

"Iya," jawabku singkat.

"Biasanya orang situ jago main voli. Kamu kok nggak bisa?" Dia terkekeh.

"Ngeledek. Iya, aku emang nggak bisa main voli. Aku bisanya nyanyi doang."

"Iya percaya ... Anggota paduan suara.

Aku tertawa. Begitu pula lelaki remaja sebayaku itu.

***

Hadapilah ini
Kisah kita takkan abadi

S'lamat tidur kekasih gelapku
S'moga cepat kau lupakan aku
Kekasih sejatimu takkan pernah sanggup
Untuk meninggalkanmu

Hiks ... S'lamat tinggal kasih tak terungkap S'moga kau lupakan aku cepat, aku mengusap air mata. Lagu itu menjadi penenang ketika batang kapas di tanganku berlumur darah. Aku buru-buru menyumbat tisu ke telinga.

"Hahaha ... Budeg beneran aku tuh tahu nggak, Bahadur!"

Dalam tawa itu air mataku luruh. "Ya Allah ... Kenapa aku nggak sesempurna mereka?"

#MY, 261021

BUKU BIRU

12 September 2017

Aku diam-diam mengikuti langkah lelaki itu. Dia tidak tahu betapa aku ingin mendekapnya erat-erat lalu kubuat dia menjadi milikku selamanya.

15 Oktober 2017

Aku mendapatkan kaus bekasnya yang dijadikan alas kaki. Baunya harum sekali. Aku mengambilnya diam-diam ketika dia pergi bekerja. Ah, kekasihku itu memang laki-laki yang rajin dan bertanggung jawab.

17 November 2017

Aku bahagia sekali. Dia berdiri di depanku dan memberiku beberapa buah permen beraroma mint. Aku suka sekali. Dia ternyata menyukaiku. Tapi sayang sekali aku tidak bisa memeluknya karena dia segera beranjak untuk pergi bekerja. Aku akan menunggunya pulang.

18 November 2017

Aku ingin merencanakan semuanya dengan matang. Awal tahun nanti aku harus menjadi pengantinnya. Bahagia sekali rasanya membayangkan aku bisa memeluknya, mencumbunya, menghabiskan malam penuh cinta bersamanya. Aku berharap Tuhan merestui.

22 Desember 2017

Dia datang ke rumahku! Aku yakin dia akan melamar untuk menjadikan aku istrinya. Aku tidak sabar lagi!

23 Desember 2017

Mama mengatakan dia akan segera menikah. Dia memberikan undangan pernikahan pada Mama. Aku kecewa. Dia ternyata hanya mempermainkan perasaanku selama ini.

25 Desember 2017

Aku menyelipkan surat ke pintu rumah petaknya. Aku ingin dia menemuiku. Aku ingin memberinya hadiah perpisahan. Karena dia akan segera menikah, aku ingin memberinya kado istimewa yang tidak akan terlupakan.

27 Desember 2017

Dia menemuiku. Dia tampak sangat tampan dengan kaus panjang dipadu celana jeans berwarna biru. Aku mengajaknya untuk mengunjungi tempat indah di mana aku biasa bersembunyi. Dia setuju. Aku melangkah sambil memegang tangannya. Dia tak menolak meskipun terlihat ragu awalnya.

31 Desember 2017

Aku berhasil meyakinkan dia. Kami menikah diam-diam. Tak ada yang tahu, selain kembang api di langit malam. Aku bahagia sekali. Dia kini milikku seutuhnya. Kami tak akan terpisahkan.

2 Januari 2021

Aku bahagia. Aku menulis ini dalam keadaan bahagia karena dia baru saja membuatku jatuh cinta semakin dalam. Kami akan selalu bersama. Dia akan menghabiskan waktu bersamaku selamanya.

7 Januari 2017

Mama mulai menyuruhku pulang. Aku terpaksa menyuruhnya tinggal sementara aku pulang ke rumah beberapa hari.

***

Seseorang mengetuk pintu kamarku. Aku terkejut begitu melihat lelaki berseragam dengan surat perintah penangkapan membawaku. Mama hanya menangis, tapi aku tersenyum. Aku bahagia sekali. Sebentar lagi aku akan menemui kekasihku dan abadi bersamanya.

#MY, 061021

(MASIH) MENUNGGUMU

Malam mulai turun, dingin mulai menusuk tulang. Pesawat yang membawamu belum datang, sudah terlambat tiga jam dari jadwal yang sudah ditentukan. Kubuka lagi novel yang kaukirimkan lima bulan yang lalu, aku dapat mencium wangimu di lembar-lembarnya. Aku yakin kau pasti mengoleskan parfum kesukaanmu di setiap lembarnya. Aku tahu, kau pasti melakukan itu untuk mengurangi rasa rinduku padamu. Perasaan tak sabar menunjukkan dirimu pada orang tuaku, membuatku datang lebih awal dari jadwal pesawatmu.

Suara pemberitahuan kedatangan pesawat dari Thailand terdengar lagi, aku mengambil sisir dan bedak dari tas di sampingku. Aku ingin terlihat cantik didepanmu. Kupandangi satu persatu penumpang yang lewat di depanku, "kenapa kau tak ada, Mas?" bisikku lirih, tak terasa airmata mengalir di pipiku.

"Dewi sayang, ayo kita pulang!" Suara ibu terdengar.

Perempuan yang selalu mengikutiku itu terus saja mengajakku pulang. _Tak tahukah kau, Bu? Hanya dia harapanku agar dapat mengelak dari kehendak bapak._

Aku hanya menyahut kalimat ibu dalam hati. Tanganku meraih ponsel dari dalam tas, melihat jam digital yang tampil di layar. Masih hari yang sama.

Aku mengelus perut, tak sabar rasanya memberitahu Mas Syarif kabar bahagia ini. Ibu duduk di sebelahku. Beliau mengusap-usap bahuku lembut.

"Dewi, kita pulang dulu, yuk. Sudah malam. Suamimu nggak akan pernah pulang, Nak." Kalimat ibu terdengar sendu.

Aku menatap wajah yang mulai dipenuhi kerutan itu.

"Bu, aku mau menunggu Mas Syarif di sini. Aku juga nggak mau menuruti Bapak. Memangnya aku sudah gila?"

#MY, 131121

JERAU

Pernahkah kamu berpikir untuk mengakhiri hidup? Jika pertanyaan itu untukku, aku akan menjawab, ya.

Suatu pagi yang mendung, aku melihat diriku sendiri terbaring di antara rerumputan. Sebilah belati di tangan, darah menetes sepanjang lengan, membuat warna kemeja putih yang kukenakan menjadi merah dan berbau anyir.

Sialnya, itu hanya sebuah mimpi buruk.

Aku tidak tahu, mengapa mimpi itu terasa begitu nyata. Ketika terbangun, aku merasakan nyeri di lengan kiri. Namun, ketika menatap pantulan diri di cermin, tak kurang satu apa pun pada diriku. Tidak, kecuali wajah tirus dan mata cekung karena aku tak pernah benar-benar tidur nyenyak setiap malam.

Aku mulai bersiap, membersihkan diri, mengganti pakaian, menyiapkan buku catatan untuk kelas biokimia pukul sembilan nanti. Kusandang tas ransel lalu melangkah ke luar rumah dan melaju bersama motor Vixion produksi tahun 2012 itu. Namun, jalanan hari itu tak seperti biasanya. Semua bergerak melambat, seolah hanya diriku yang melaju melawan kecepatan angin pagi itu. Semuanya terlihat berbeda di mataku.

Ketika sampai di tempat parkir kampus, aku segera mematikan mesin motor lalu melangkah menuju kelas. Masih tersisa waktu lima belas menit lagi. Sembari mengayun langkah, aku berpapasan dengan Anaya, gadis berambut panjang pemilik smiling eyes. Seperti biasanya, ia tersenyum padaku. Pagi yang mendung seketika cerah ketika kulihat senyumnya.

Kami melangkah bersama dan terlibat pembicaraan serius. Topik utama obrolan kami adalah proses sintesis protein. Tidak ada topik lain yang membuat gadis itu tertarik hingga berbicara dengan mata berbinar-binar selain pengulangan penjelasan dosen tentang materi yang disampaikan di pertemuan sebelumnya. Namun, hari itu aku ingin membuat sejarah baru.

"Nay, selesai kuliah, kamu mau ke Gramed bareng aku?" pertanyaan itu terucap begitu saja.

Aku menunggu jawabannya. Satu detik. Dua detik. Detik berikutnya, ia mengangguk ke arahku, memberikan senyum hingga menampakkan smiling eyes miliknya.

Tak lama setelahnya, kurasakan tanah yang kupijak bergetar. Mahasiswa yang sedang berada di ruang kelas berteriak, semua orang berlarian tak tentu arah.

Anaya!

Aku tak melihat gadis itu di sampingku. Aku celingukan, mencari keberadaan gadis itu. Beberapa orang menabrak bahuku, yang lainnya menginjak kakiku. Mereka melakukannya tanpa sengaja, aku tahu. Aku melindungi kepala dengan tas ransel. Karena guncangan masih terasa, kuputuskan mencari tempat berlindung sebelum mencari Anaya. Aku berlari menuju ruangan terdekat, meringkuk di bawah meja kayu di sudut ruangan kosong.

Anaya!

Otakku lagi-lagi sibuk mencari gadis itu. Dan seandainya aku bisa meminjam sepuluh detik untuk menghentikan waktu. Aku ingin mengubah takdir.

Tanah kembali tenang. Beberapa serpihan bangunan berserak. Aku masih menunggu untuk memastikan tidak ada lagi gempa susulan.

"Allahu Akbar! Allahu Akbar! Allahu Akbar! Alhamdulillah, gempa sudah berhenti. Alhamdulillah."

Aku mendengar gema takbir beberapa mahasiswa yang melewati ruangan. Perlahan, aku ke luar dari tempat berlindung. Aku melangkah dengan hati-hati, ke luar ruangan mencari keberadaan gadis itu.

Beberapa bangunan ruang kelas tak lagi kokoh. Batu bata berserak, debu reruntuhan bangunan membuat sesak. Seorang mahasiswa ke luar dari reruntuhan dengan kepala penuh debu. Wajahnya kotor, darah menetes dari pelipisnya. Aku melepas kemeja panjangku untuk menyeka darahnya.

"Makasih, Ga. Alhamdulillah gue selamat. Tapi di dalam ... gue nggak tahu ada berapa orang di dalam," dia menunjuk ke bangunan runtuh di belakangnya.

Aku menepuk pundaknya. "Nggak apa-apa, aku bakalan panggil bantuan," kataku menenangkan.

Kulihat ia meneteskan air mata. Aku menepuk-nepuk pundaknya. Entah mengapa, firasatku mengatakan aku akan menangis jauh lebih sering dari lelaki di sebelahku.

Beberapa orang berpakaian putih-putih dengan rompi hitam dan oranye mulai berdatangan. Aku melambaikan tangan untuk meminta bantuan mereka.

"Pak, tolong Pak, ada beberapa orang di dalam sana!" Lelaki di sebelahku menunjuk ke arah bangunan runtuh.

Aku berinisiatif membantu membersihkan reruntuhan bangunan. Dan sialnya, pemandangan memilukan itu terjadi. Gadis itu terpejam, dengan tote bag berisi buku masih disandang di bahunya.

"Nay!" seruku.

"Mas kenal dengan perempuan ini? Tolong hubungi keluarganya, Mas. Dia sudah meninggal." Perempuan berjilbab yang mengenakan rompi hitam membuatku kehilangan kata-kata.

Telingaku kembali berdengung. Sakit.

Pernahkah kamu berpikir untuk mengakhiri hidup? Jika pertanyaan itu untukku, aku akan menjawab, ya.

Ketika semua telunjuk mengarah padaku. Tatapan mereka seolah siap membunuh. Teriakan-teriakan kesakitan itu, membuatku merasa menjadi satu-satunya orang bersalah di hari itu.

Anaya!

Jika dia masih ada, semuanya tak akan sekacau ini. Tak akan ada goresan luka di lenganku. Tak akan ada kesakitan di kepala dan telingaku yang selalu berdengung. Sakit.

Ketika aku mengeluarkan air mata, sontak mereka menyebutku mencari alibi. Berpura-pura biasa saja, mereka kembali menyebutku tak punya empati.

Sialan kau, Anaya!

Aku berjanji akan mencarimu untuk menunjukkan pada mereka bahwa aku tak bersalah. Aku akan menyusulmu bahkan jika harus bertemu di neraka!

Aku ingin mati. Biarkan aku mati saja!

Dengungan itu kembali membuat telingaku sakit.

Tolong, sekali ini saja, Tuhan. Tunjukkan bahwa aku sama sekali tak bersalah untuk kematian Anaya!

Gelap. Semuanya benda berputar di kepala, membuatku hampir lupa jika aku hanya makhluk hidup bernama manusia. Aku bisa merasakan sakit dan hampir mati.

Kedua tangan itu mencengkram leherku dengan kuat. Membanting tubuhku ke tanah dan menarikku dalam lubang gelap. Bola mataku hampir keluar dari tempatnya karena berusaha menemukan setitik cahaya. Lengket, basah, entah makhluk apa yang berada di bawah kakiku.

Tolong, Tuhan. Aku tidak ingin mati konyol seperti ini. Dalam hati, aku mengubah doa agar tetap hidup.

Aku membuka mata ketika seorang perawat menyuntikkan cairan melalui selang infus yang terasa panas di permukaan kulit tanganku.

"Aku di mana?" pertanyaan itu kuajukan pada diri sendiri.

"Rumah sakit. Psikiater akan datang sebentar lagi," sahut perawat itu setelah selesai dengan tugasnya.

Aku tidak gila!

#MY, Sudut kamar/220921

MEMOAR 88: MIMPI ANAK KAMPUNG

Brak!

Tembikar itu menyentuh tanah, butir-butir beras tak lagi menempati wadah itu. Perempuan paruh baya dengan kebaya yang sisinya dijahit kain berbeda warna itu memungut bulir-bulir beras yang mampu dijangkaunya. Dia mengumpulkannya ke dalam kain jarik di balik kebaya yang dikenakan.

"Aku balik sik, Juragan. Permisi," dia menggandeng tangan putranya yang beranjak remaja berlalu.

"Kenapa Emak hanya diam? Juragan itu sudah keterlaluan!" teriak lelaki yang beranjak remaja itu, tangannya mengepal.

"Kita cuma orang kecil, Le. Jangan menuruti emosi, ndak baik." Emak hanya bisa menenangkan hati putranya.

"Lagi pula, utang kita sudah banyak. Ndak apa, Emak bisa bikin sayur kubis untuk makan besok. Kamu yang sabar ya, Le." Emak berlalu ke dapur, meninggalkan putranya yang masih mengetatkan rahang.

***

Bulan berlalu, tetapi bara di dada lelaki remaja itu belum juga padam. Hingga hari itu, dia membuat keputusan besar dalam hidupnya.

"Mak, Amin mau bicara sesuatu," katanya ketika Emak sedang memilah kulit gabah di antara butir-butir beras.

"Ada apa, Le?" Emak menyahut sambil terus memilah kulit gabah.

"Mak, Amin mau ke Jakarta. Amin mau cari kerja di sana," katanya menggebu.

Emak terdiam sejenak. Dia meletakkan tampah berisi beras yang belum selesai dibersihkan dari kulit gabah itu di meja.

"Le, Jakarta itu jauh. Kamu belum tahu di sana seperti apa. Lagi pula, Emak mau kamu selesaikan dulu sekolahmu. Ijazah itu penting untuk masa depanmu, Le," kata Emak lembut.

"Jangan khawatir, Mak. Amin pasti bisa berhasil di sana. Amin bisa biayain sekolah adik-adik juga," remaja lelaki itu tetap pada pendiriannya.

"Kamu yakin?" Emak kembali bertanya.

Dia menganggguk mantap.

"Ya sudah, kalau itu keputusanmu." Emak beranjak ke kamar lalu kembali membawa kain perca dijahit seperti tas serut itu.

"Ini, untuk ongkos ke sana. Jumlahnya dua ribu, pergunakan dengan baik, Le." Emak menyerahkan tas serut kecil itu di genggaman putranya.

Remaja itu memeluk Emak dengan erat. Tanpa terasa air matanya meleleh.

Esok harinya, Emak mengantar kepergian putranya dengan hati gundah antara rela dan tidak.

"Doakan Amin, Mak." Dia mencium takzim tangan Emak.

"InsyaAllah, Le. Selalu," kata Emak dengan mata berkaca-kaca.

Remaja lima belas tahun itu melambaikan tangan ketika dia menaiki bus yang akan membawanya ke Ibukota.

"Jakarta, aku datang!"

#MY, 100722

TENTANG PENULIS

Mita Yulia Hikmawati dikenal juga dengan nama Mita Yoo, seorang perempuan biasa dengan sejuta asa. Lahir di Indramayu, tumbuh di tanah rantau membuatnya tak memiliki teman selain ketidakpastian.

Dia senang bebikinan, merenda dengan kedua tangannya. Dua tahun terakhir kembali aktif menekuni menulis bersama komunitas dan belajar desain grafis. Sejauh ini telah menerbitkan belasan antologi puisi dan cerpen bersama kawan dan dua buku solo. R[a]indu adalah karya perdana setelah mati suri dari dunia literasi.

Sapa dan lihat karyanya yang lain di akun media sosial

Facebook: Mita Yoo
Instagram: @itsmitayoo
Wattpad: mita_yoo
Opinia: Mita Yoo
Dreame: Mita Yoo
YouTube: Mita Yoo
Tiktok: @mita_yoo3
Kompasiana: Mita Yulia H

www.ingramcontent.com/pod-product-compliance
Lightning Source LLC
LaVergne TN
LVHW100313051026
849517LV00006B/2278
* 9 7 9 8 2 3 1 3 5 4 9 8 6 *